ひき裂かれた〈わたし〉

思想としての志賀直哉

Niigata Nobukazu
新形信和

新曜社

前頁とびらの図像は、1912（大正元）年9月、父の家を出る直前に志賀直哉がはがきにペンで描いた自画像。（志賀直吉氏所蔵）

目次――ひき裂かれた〈わたし〉

装幀——虎尾　隆

凡例

志賀直哉の全集は、一九七三〜一九七四（昭四八〜四九）年に岩波書店刊行の全一五巻・別巻を用いました。第一巻であれば、「全一」と略して表記します。「日記」は、全集の第一〇巻、「手帳」および「ノート」は第一五巻に収められています。繁雑をさけるために、本文中の表記は省略します。

『城の崎にて』と『和解』はいずれも第二巻に収められていますが、新潮文庫版を用いました。

志賀直哉のその他の文章も、新潮文庫版の「文字づかい」の原則にならって改めました。

なお、引用文中の〔　〕内は引用者の注記です。

序章 〈わたし〉について

現在のわたしたちは江戸時代までの日本人とはずいぶん異なった生活をしています。着ているもの、髪型、履き物が違います。住まいの構造も違えば、食生活も違う、街並みも違うし、交通手段も違う、教育制度や社会制度や政治制度も違います。これは、ご承知のように、明治時代になって日本が積極的に西洋文化を輸入するようになって生じた結果です。現在のわたしたちは西洋化した日本人です。

西洋化した日本のなかで、わたしたちは日本の伝統文化と西洋文化が入り交じった生活をしています。住まいをとりあげてみますと、現在では和室が一部屋あって、あとは洋室だというのが一般的です。普段は洋風の生活をしていて、くつろぐときには和室に坐るわけです。しかし玄関の土間では靴を脱ぎます。靴のまま家のなかを歩き回るということには抵抗があるのです。玄関で靴を脱ぎ、廊下や洋室ではスリッパを履き、和室に入るときには脱ぐのです。

ホテルは西洋からとりいれたものですが、フロントでチェックインし、鍵をうけとり、部屋に入ると、部屋のなかにはタオルや洗面具などのほかにスリッパと浴衣《ゆかた》がおいてあります。ヨーロッパやアメリカのホテルにはスリッパや浴衣はおいてありません。西洋からとりいれたホテル様式のなかに、現代日本人の生活に必要なスリッパと日本の旅館で提供される浴衣とがまざっているのです。靴を脱ぎスリッパに履き替え、洋服を脱いで浴衣に着替えることによって、部屋のなかでくつろぐことができるのです。

住生活のほんの一端を示してみましたが、実は精神的生活においても、わたしたちは日本の伝統文化と西洋文化が入り交じった生活をしているのです。住まいなどの物質的生活面は目に見えますが、精神的生活は目には見えないのでなかなか自覚しにくいのです。精神的生活にかかわることがらでもっとも基本的な影響をうけたのは西洋から輸入した新しいものの見かた・考えかたです。これは日本の伝統的なものの見かた・考えかたとはずいぶん異なっていますが、この二つの異質なものの見かた・考えかたの基盤にあるのは、見たり考えたりするときの視点〈主体〉としての〈わたし〉のありかたの違いです。

〈わたし〉ということばについて、ここでまず説明しておきたいと思います。わたしたちは、普段の生活のなかで、わたしがやります、とか、わたしは海を眺めていた、などと、また、それはわたしのものです、わたしの身体、わたしの心、などといういいかたをします。そのようなときに、この〈わたし〉はどこにいるのでしょうか。

このような質問をいきなりされても、とまどうかもしれません。しかし、病院で治療をうけるとき、足や手の治療よりも、歯の治療のほうが〈わたし〉に近い感じがしませんか。鼻の治療になるともっと近い感じがするでしょうし、眼の治療になるとさらに近くなり、〈わたし〉のすぐ前という感じがします。耳の治療になれば、左耳であれば〈わたし〉の左という感じ、右耳であれば〈わたし〉の右という感じがするでしょう。しかし、眼の場合は、耳の場合とは違って、右目であっても左目であっても、右や左という感じはなく、ただ、〈わたし〉の前という感じしかしません。このような経験にもとづけば、〈わたし〉は、どうやら、両眼の少し奥のあたりにいるように思われます。そして、二つの眼で見る風景が、二つの別々の風景ではなく、一つの風景であるように、見る〈わたし〉は二つではなく、一つの〈わたし〉であるということになります。

このような〈わたし〉を描いた人物がいます。その人物は、オーストリアの、画家ではなく、哲学者のエルンスト・マッハ（一八三八～一九一六）です。図で示したのがそのスケッチです（一八八六年）。

図1　マッハのスケッチ

絵画の歴史のなかには画家たちによって描かれたたくさんの自画像があります。しかしそれらは鏡に映した自分の顔や身体を描いたものです。マッハのスケッチは、そうではなく、見ている〈わたし〉に見えるままの〈わたし〉そのものを、鏡なしに直接に描いています。マッハは、鏡なしに直接にという意味をこめて、このスケッチを「自己直観の〈わたし〉」とよんでいます。素人の絵にすぎないかもしれませんが、この画期的な自画像は大変話題になりました。

ところで、マッハが描いたという〈わたし〉はこの自画像のどこにいるでしょうか。マッハは安楽いすにもたれながら、右眼を閉じて、左眼に見える世界を描いています。上にわずかに見える眉毛、鼻筋、口髭、短縮した胴体、組んだ両脚、左腕やペンをもつ右腕先など、これらはマッハのものですが、マッハの〈わたし〉ではありません。それらは、このスケッチを見ている人にとってはマッハであるかもしれませんが、マッハ自身にとっては〈わたし〉に見えている〈わたし〉の身体の一部です。〈わたし〉の身体が〈わたし〉に見えているのであって、見ている〈わたし〉そのものではないのです。

見ている〈わたし〉はどこにいるでしょうか。それはこのスケッチのどこにも直接には描かれてはいません。間接的にしか描くことはできないのです[1]。見ている〈わたし〉は、〈わたし〉に見えているもののなかに、それがどのように見えているかというしかたで表現されています。見ている〈わたし〉と見えている世界――といっても、ここでは、身体の一部と部屋の内部と窓の外のわずかな風景にすぎませんが――とは、切り離すことができない関係にあります。見る〈わたし〉と見える世界とはそのようなしかたで対応しているのです。見えている世界は、ここに描かれているようなしかたで眼前に開けているわけですから、このように見ている〈わたし〉がこの画面の手前にいるのです。手前のどこでしょうか。このスケッチは西欧のルネサンスの時代に確立されたパースペクティヴ（透視画法。遠近法とも訳されます）の手法によって描かれていますから、その位置を特定することができます（パースペクティヴについては第四章の注を参照してください）。

画面の平行な床板の継ぎ目の線や書棚の横板の線は遠ざかるにつれて幅が狭くなっています。これらの直線を延長すると、すべての直線は窓の下枠の左から三分の一のあたりのすぐ上の一点に収束します。その地点が消失点です。画面上のこの消失点に立てた垂直線のこちら側に、自分の身体の一部と部屋の内部と窓の外の景色をこのように見ているマッハの〈わたし〉がいるのです。マッハがこのスケッチを「自己直観の〈わたし〉」とよんでいることはさきほどのべましたが、マッハは、鏡なしに自己を直観したままの姿で、世界をこのように見ている〈わたし〉を描いているのです。

わたしたちはこのような〈わたし〉という視点（主体）に立脚してものを見たり・考えたりしているわけです。しかし、この〈わたし〉のありかたが西洋と日本とでは異なっているように思われます。どのように異なっているかということについてこれからのべなければなりませんが、それは、これまでの話のなかで「私」ということばを用いずに〈わたし〉という表記を用いてきた理由をのべることになります。

西洋における〈わたし〉に相当することばは古代から単一のものが一貫して用いられてきま

した。英語なら「I」、ドイツ語なら「ich」です。しかも、この「I」と「ich」はもともと同一のものでした。英語やドイツ語ばかりではなく、フランス語などのロマンス語、ロシア語などのスラブ語、あるいは中近東の諸言語、インドの諸言語などインド・ヨーロッパ語族に属する言語の〈わたし〉に相当することばは、もとをたどれば同一のことばにまでさかのぼることができるということも比較言語学という学問によって明らかになっています。その〈わたし〉が、ルネサンスの時代に西欧では固定した一点に立脚するようになりました。パースペクティヴについてのべている第四章の注で簡単に説明したとおりです。

しかし、日本語では事情はまったく違っています。辻村敏樹の研究によれば、上代から現代までの「私」に相当することばは五一個あるということです（『敬語の史的研究』東京堂出版）。「私」も五一個のなかの一つにすぎないのです。「私」というのは、もとは「公に対し、自分一身（だけ）に関する事柄」を、また「僕」は「しもべ。下男」を意味する名詞でした（『広辞苑』）。そのような具体的な意味をもっていた名詞が転用されて自分を指す代名詞として使われるようになったのです。鈴木孝夫がいうように、日本語の自分を指す代名詞は、もとは何か具体的な意味をもっていた実質詞からの転用なのです（『ことばと文化』岩波新書）。こうして上代から現代にいたるまで歴史的にめまぐるしく交替してきたのです。このことは、いいかえますと、日本語は自分そのものを直接に指し示すことば（インド・ヨーロッパ語族の一人称代名詞に相当することば）をもっていないということです。そのために、歴史的にめまぐるしく交替してきたのです。これは驚くべきことではないでしょうか。

ところで、マッハにかんしてさきほどのべましたような位相にある〈わたし〉と「私」との関係はどのようになっているでしょうか。挨拶を例にとりあげて考えてみましょう。挨拶というのは人と人との出会いかたを定める基本的な儀礼です。日本人は朝、出会った人に「お早うございます」といって頭を下げます。西洋人、たとえば、英語圏の人は「Good morning！」といいながら相手の眼を見てにっこり笑います。それぞれの挨拶（ことばとしぐさ）は何を表現しているのでしょうか。「Good morning！」を英和辞典でひくと、「お早うございます」のほかに「さようなら」という日本語訳もでています。どうして「さようなら」という意味にもなるのでしょうか。

「Good morning！」は直接目的格で「よい朝を」という意味です。その背後には「I wish you」（「〈わたし〉はあなたに願っていますよ」）という文脈が省略されてはいますが控えています。そういう気持ちを伝えたくてお互いににっこり笑いながら相手の眼をじっと見るのです。ですから、朝、別れるときにも使うことができるのです。日本人の場合はどうでしょうか。「お早うございます」というのは、「（朝）早いですね」という意味でしょう。そういいながら頭を下げる、つまり相手から眼をそらし、お互いに相手を見ないようにするのです。眼の前にいる相手は視界から消えます。そうすることによって、相手を見ている〈わたし〉も消滅します。そこに存在するのは、お互いにとって（朝）早いという状況だけです。このとき、相手の前から消えた〈わたし〉はこの状況のなかに溶けこんでいるのです。このように共有する状況のなかに溶けこむことによってお互いの〈わたし〉は触れあい、調和するのです。日本文化はこのような意味で触れあいの文化です。また、このようなしかたで触れあいを求めるから、正視しない文化となるのです。

挨拶をして互いに触れあったあとで再び顔を上げます。相手はまた眼の前にもどってきます。その相手が目上の人であったり、改まった丁寧なことばづかいをする必要があるときに、わたしたちは自分のことを「私」と称します。相手が目下であったり、うちとけた間柄であれば、また別の称しかたをします。つまり、「私」というのは（状況を共有したあとで）、相手より目下であるとか改まった丁寧なことばづかいをする必要があるというふうに、相手との関係や周囲の状況に依存して成立することばなのです。英語の「I」は相手との関係や周囲の状況に依存することなく、そのような関係や状況を超越して使われることばです。鈴木孝夫の『ことばと文化』のいいかたをかりれば、「I」は絶対的自己規定のことばであり、「私」は相対的で対象依存的なことばなのです。また、英語の「Good morning」は直接目的格であり、「I wish」がなければ意味が成立しません。そのようなしかたで「Good morning !」という表現のなかには「I」が明確に存在しています。しかし日本語の「お早うございます」という表現のなかには〈わたし〉はもちろん、「私」も存在してはいないのです。

日本語の「私」と英語の「I」とは一致する部分はありますが、基底のところでは異なっているのです。英語の「I」を日本語の「私」とうけとめて、わたしたちはこの二つの違いをほとんど自覚することなく混同して使っているように思われます。この本では、「I」と「私」との混同をさけるために、西洋的なものの見かた・考えかたの基盤にある視点（主体）には〈わたし〉という表記をあてて、「私」という日本語の使用を控えることにします（つまり、〈わたし〉＝英語の「I」ということです）。

夏目漱石の最晩年の「則天去私」ということばはよく知られています。イギリス留学以降十数年間にわたって西洋と日本のはざまで精神的な葛藤に苦悩した漱石は、「則天去私」というみずからが理想とする境地にあこがれをいだいたように思われます。この「天に則《のっと》り、私を去る」ということばの、去りたい「私」は、まず〈わたし〉のことではなかったでしょうか。漱石よりも十六歳年下の志賀直哉は、この「則天去私」の境地を青年時代の終わりに体現したということができます（この体現とそこにいたる過程を物語っているのが『暗夜行路』という作品です。詳しくは本文でお話しします）。しかし、そこにいたる志賀直哉の精神の歩みは苦悩に満ちたものでした。志賀直哉も漱石と同じように神経衰弱に長年苦しんでいます。しかし、神経衰弱が治癒しないまま死去した漱石とは違って、志賀直哉は青年時代の終わりには神経衰弱を克服しているのです。こうしてみると、これまでに指摘されたことはないように思われますが、神経衰弱は異質な二つの視点（主体）の葛藤にその原因をもとめることができるのではないでしょうか。

二つの視点（主体）の葛藤のきっかけをつくりだしたのは、漱石の場合は二年あまりにおよぶイギリス留学の経験です。留学の経験のない志賀直哉の場合は、一九〇一（明三四）年から一九〇八（明四一）年まで通った内村鑑三のもとでうけたキリスト教の影響です。彼は一八八三（明一六）年生まれですから、これは十八歳から二十五歳までという青年時代初期のもっとも多感な時期にあたります。ところが、これまでの研究では志賀直哉がうけたキリスト教の影響はほとんどエピソード程度にしかみなされないのが普通です。しかし、そんなことはありません。近代以降の日本の文学者のなかでもまれにみるほど深刻な影響をうけているのです。志賀直哉はキリスト教と格闘する過程を経て明確に作家としての足場を築くことができたといっても過言ではありません。

志賀直哉が青年時代のほぼ全期間にわたって苦しんだ神経衰弱の症状が発症したのは一九〇二年、つまり内村鑑三のもとでキリスト教の父なる神を知るようになった翌年のことです。治癒するのが一九一七年、肉親の父と和解した年でした。神経衰弱はたんに肉親の父との不和・対立ばかりではなく、そこにキリスト教の神としての父がからむことによって生じたように思われます。対立する二つの父のはざまで青年時代の志賀直哉の分裂した〈わたし〉がどのような苦渋の経験を経なければならなかったか、その苦闘の跡をたどってみなければなりません。そこから明らかになるのは、西洋文化の基底に存在するキリスト教の父なる神と日本の伝統文化の基底に存在する肉親の父との位相の違いであり、その両者にひき裂かれて苦悩する青年志賀直哉の姿です。

志賀直哉の青年時代とよぶ時期は一九〇一（明三四）年から一九一七（大六）年まで、つまり十八歳から三十四歳までの十七年間、ちょうど二十世紀の冒頭の十七年間に相当します。志賀直哉は、この十七年間の全期間を通じて、肉親の父との不和・対立の問題で苦悩しました。この不和・対立は、いっさいの妥協を排して真の自己を模索しようとした青年期の過程でほとんど必然的に生じたものです。その過程で内村鑑三をとおしてキリスト教の影響をうけた経験は決定的な意味をもつことになりました。

志賀直哉は不和・対立のなかにあっても、当然のことですが、肉親の父の愛情を求め続けました。また、キリスト教の神は父なる神であり、この神は愛の神です。青年時代の志賀直哉の心の内部には、父なるものの愛を求めて、肉親の父とキリスト教の神としての父という、二つの父が対立しながら併存することになります。肉親の父とは、例外的な瞬間はありましたが、ほぼ一貫して不和・対立の状態が続きました。また、キリスト教の神としての父とは七年半親しんだあとで、一九〇八年、二十五歳の年に内村鑑三のもとを去ることによって訣別します。しかし、訣別したからといって、すぐにキリスト教的なるものから脱却できたわけではありません。完全に脱却できたのは、一九一七年に肉親の父と和解したときでした。また、この和解によって青年時代の精神の彷徨は終わりを告げるのです。本書に書かれているのは志賀直哉の青年時代のひき裂かれた〈わたし〉の遍歴の物語です。

志賀直哉は、流入する西洋文化のなかに、それまでの日本人が知らなかった新しい人間像を見いだし、それを深く受け容れながら決して自己を見失うことがなかった作家です。日本の伝統文化と西洋文化とのはざまで自己の着実なありかたを見失っていった日本人は多いのです。いっさいの妥協を排して真の自己を模索しようとし、自己を見失うことをもっとも恐れたがゆえに、青年時代の十七年もの長いあいだ父親との不和・対立が続いたのであり、精神の歩みが深刻にならざるをえなかったのです。志賀直哉の青年時代は、日本の二十世紀の冒頭の十七年間に相当するとのべましたが、それは彼の青年時代が過去の時代のものであるにすぎないといいたいのではありません。その精神的生の軌跡のなかに、わたしたちは、まずなによりも西洋から輸入したものの見かた・考えかたと日本の伝統的な感性との対立の問題を、そして、そこに父と子の対立の問題と旧世代と新世代との対立の問題とが複雑に絡みあった様相を読みとることができます。志賀直哉の精神的歩みは、たんに過去の一人の作家の精神的軌跡であるにとどまらず、現在でも十分普遍性をもつ軌跡であるように思われるのです。

志賀直哉の作品には、自伝的な作品、完全に虚構による作品、両者が混じっている作品、がありあります。この本でとりあげた作品は、自伝的な作品あるいは作品の自伝的な部分にかぎられます（志賀直哉の場合、自伝的な作品あるいは作品の自伝的な部分にかんしては、作品の主人公と作者とを同一視してもよいと考えられます。そうではないときには断り書をつけることにします）。あらかじめお断わりしておかねばなりませんが、この本はある種の作家論ではありうるかもしれませんが作品論ではありません。また、青年時代の精神の歩みをとりあげましたが、伝記でもありません。この時期の精神の生の軌跡を比較思想・比較文化論の観点から読み解いてみようと試みたにすぎないのです。志賀直哉は思想とは縁の遠い（思想性に乏しい）作家であるとよくいわれるのですが、そんなことはありません。思想性に乏しいと批判する人の思想性こそが問題なのではないでしょうか。そのようにいう人は、思想というのは硬い概念的な言葉（つまり、翻訳日本語）で語るものであると錯覚しているにすぎないのです。血肉となった真の思想は軟らかな小説の言葉で十分語ることができるのです。

志賀直哉の長年にわたった父親との不和・対立が解消し和解が成立したのは、さきほどものべましたように、一九一七（大六）年のことです。この和解によって志賀直哉の青年時代も終わりを告げるのですが、和解は偶然に生じたのではなく、生じる必然性がありました。それを物語るのが、父親と和解した年の、和解よりも四ヵ月まえに書かれた『城の崎にて』という作品です。この作品は志賀直哉の決定的な転回を告げる重要な作品です。しかし、その内容はこれまで正当にうけとめられてはこなかったようです。時間の流れとは順序が逆になりますが、この『城の崎にて』という作品をまず詳細に検討することから話をはじめたいと思います。その後に、この作品にいたる歩みをたどってみることにします。

最後に、〈わたし〉について指摘しておきたいことがあります。それは、〈わたし〉というのは（「私」もそうですが）わたしたちがこの世に生まれたばかりのときに、すでに所有していたものではないということです。わたしたちは、みずからの〈わたし〉を生まれ落ちた社会や文化のなかで成長する過程で獲得するのです。三歳ころのいわゆる第一反抗期になると、自覚しはじめた〈わたし〉を維持しようとして、周囲のものに反抗的態度をとるようになります。何をいわれても「いや！」や「じぶん！」などを連発する幼児が、〈ぼく〉や〈あたち〉などといえるようになります。〈わたし〉はここに誕生するのです。やがて十四、十五歳のころから第二反抗期がはじまります。この時期には、それまで知らなかった性の衝動が身体内部から突き上げてきて、〈わたし〉はこの新たな身体的衝動との統合をせまられるのです。この時期の〈わたし〉に生じていることを、新聞の生活欄に載っていた投稿の文章を引用して検討しておきましょう。

中2の夏ごろから、自分はいつか死んで、この世から消えてしまうんだということを意識するようになりました。それからは、どんなに面白いことや嬉しいことがあっても、その考えが頭の片隅で邪魔をします。
そんなことを悩んでもしょうがない、今は生きているんだから今を精いっぱい楽しめばいいんだと何度も自分に言い聞かせるのですが、どうしても心からそう思うことができず、怖くて不安な気持ちから抜け出せません。……（『朝日新聞』二〇〇五年二月五日朝刊）

投稿者は十五歳になる中学三年の女子です。この女の子は、「中2の夏ごろから、自分はいつか死んで、この世から消えてしまうんだということを意識するようになりました」と書いています。中二の夏ごろに始まったこと、それは、この女の子の〈わたし〉が最終的に自立し、独立しようとしはじめたということです。〈わたし〉が自立し、独立しようとすると、その〈わたし〉そのものの消滅の危機すなわち死が恐怖感をともなって迫ってくるのです。いま、この女の子が感じている死の恐怖は、自立しようとする〈わたし〉が、〈わたし〉そのものの消滅の危機に直面して感じている恐怖です。

「怖くて不安な気持ちから抜け出せません」と書かれています。どうにもしようのないことが生じるのが思春期という時期であり、この恐怖も、思春期という時期に特徴的な恐怖です。このような思春期をまっとうに経ることによって、この子のかけがえのない〈わたし〉が確立し、〈わたし〉が自立することができるでしょう。自立するというのは、死によって隔てられて孤立するということでもあるのです。あなたは、いま、真の意味で、大人になろうとしているのです、ほかならぬ、あなた自身のかけがえのない人生に出会おうとしているのです、あなただけではなく、まっとうに生きようとしている人はだれもが感じることなのです、と励ましてやりたい気持ちになります。

この女の子がその後どうしているかは知りません。しかし、一般的に、自立しようとする〈わたし〉が〈わたし〉自身の死に直面する思春期のころから、それまで生き生きした眼で相手の眼を正視していた女の子や男の子が相手の眼から視線をそらすようになります。このころから人やものごとを正視しない日本の文化がそのなかに生きる人間に本格的な影響力を発揮するようになるのです。文化の違いによってみずからの死にたいする対応のしかたが違います。人間は死を直視することができず、何らかのしかたで死を回避しようとします。

キリスト教文化においては、〈わたし〉の死（消滅）の恐怖は、死後にその〈わたし〉が復活するという信仰によって回避しようとします。それにたいして、日本の文化においては、〈わたし〉が自立し、孤立することによって直面せざるをえない〈わたし〉自身の死（消滅）の恐怖を、〈わたし〉そのものが状況のなかに（究極において自然のなかに）溶けこんで解消するというしかたで回避しようとします。人やものごとを正視しない日本の文化における〈わたし〉のありかたは、〈わたし〉そのものを解消しようとする、このような死にたいする対応のしかたに根ざしているように思われます。

それでは、志賀直哉の青年時代について、まず『城の崎にて』（一九一七年）の話からはじめることにします。

注

（1）〈わたし〉は、〈わたし〉の外を探してもどこにもいないということです。〈わたし〉は自己を直観する以外には存在しません。本書一五五頁の臨済の言葉を参照してください。

第一章　〈わたし〉の解体──『城の崎にて』を読む

『城の崎にて』という作品はつぎのような文章ではじまっています。

　山の手線の電車に跳飛《はねと》ばされて怪我をした、その後養生《あとようじょう》に、一人で但馬《たじま》の城崎《きのさき》温泉へ出掛けた。背中の傷が脊椎《せきつい》カリエスになれば致命傷になりかねないが、そんな事はあるまいと医者に云われた。二三年で出なければ後は心配はいらない、とにかく要心は肝心だからといわれて、それで来た。三週間以上──我慢出来たら五週間位居たいものだと考えて来た。

ここに書かれていることはすべて作者が実際に経験した事実です。作者は一九一三（大二）年八月十五日、友人と夕涼みがてらに東京の芝浦の埋立地の海岸に散歩にでかけます。その帰り路、夜の十一時ごろでしたが、山の手線の線路のわきを歩いていて後ろから走ってきた電車に数メートルはね跳ばされ、背骨を強打し頭部に裂傷を負いました。傷口は十八センチほどもあり、頭蓋骨が見えていたといいます。同行していた友人に近くの東京病院に運びこまれた作者は二週間の入院生活をおくることになりました。八月二十七日になって退院しましたが、病院の医者が二、三年間は脊椎カリエスの発病の可能性があるので用心する必要がある、温泉に行って養生するのがいいとすすめてくれたのです（ちなみに、一九〇二〔明三五〕年に死去した正岡子規の病が結核性脊椎カリエスでした。当時、特効薬はまだ発見されてはいませんでしたから結核は死の病でした。体のなかの結核菌が脊椎を冒す危険が心配だったのです）。

さて、つぎにこの作品の結びの部分を読んでみましょう。この作品はつぎのような文章でおわっています。

　三週間いて、自分は此処《ここ》を去った。それから、もう三年以上になる。自分は脊椎カリエスになるだけは助かった。

この文章にかんして評論家の中村光夫は、「「それからもう三年以上になる。自分は脊椎カリエスになるだけは助かった。」といふ結びの一句は作者が縁起なほしのつもりで附加へたのでなければ、まったくの蛇足で、この無邪気なエゴイズムは微笑を誘ひますが……」と書いています（『志賀直哉論』筑摩叢書、一〇七頁）。しかし、作者は縁起なおしのつもりでこの結びの一句をつけくわえたわけではないのです。だからといって、蛇足でもなく、また、この評論家のいうように無邪気でもありません。先入見なしに読めばこの文章には作者のある切実な感慨がこめられているのがわかるはずです。

「脊椎カリエスになるだけは助かった」というのは、脊椎カリエスにだけはならずにすんだ、ということです。ですから、この文章は、「けれども……」という余韻を残しておわっているのです。つまり、心配した脊椎カリエスにはならずにすんだ、けれども、そうではない何かが自分の身に起きた、と暗に語っているのです。その出来事について書かれているのが『城の崎にて』という作品の本文であり、それが、右に引用した書き出しの部分と結びの部分のあいだに語られているのです。作者は、作品を結ぶにあたって、作品のなかで語った自分の身に起きた出来事を、もう一度振り返っているのです。そのように振り返りながら作者は作品を締めくくっています。すると、作者を無邪気だときめつけて微笑をうかべているこの評論家はそもそもこの作品のなかに語られている事柄をきちんと受け止めているのだろうか、という疑問が湧いてくることになるでしょう[1]。

これから『城の崎にて』という作品を読んでみるつもりですが、そのまえに、作者が山の手線の事故から受けた衝撃がどのようなものであったかをもう少しだけみておきたいと思います。作者が東京病院に二週間入院し一九一三年八月二十七日に退院したことはすでにのべました。そのころの日記を読むと、九月九日に「ウナサレなかった」と書かれています。この記述によって、その日までにウナサレた経験があることがわかりますが、何にウナサレたのでしょうか。そのことは五日後の日記につぎのように記されていることによってはっきりします。

東京病院の車のついた寝台に仰向けにねたまゝ、闇のほうへ足からスーッと惹き込まれる、腹が凹むようなタマラナイ心持がするので何遍も眼を覚ました。

作者が交通事故で受けた肉体的な傷は治癒しても、精神的な衝撃は治癒してはいないのです。『城の崎にて』から二年半あまりのちに書かれた『或る男、其姉の死』という作品のなかにつぎのように書かれている箇所があります。

私は無限の闇に落ちて〳〵行く、丁度寝つきにどうかするとそういう気持ちになる、それに似た死の恐れを感じたのです。

眠りに落ちる直前、意識がまさに消滅しようとする瞬間、まだ目覚めている意識の最後の一点――そのとき〈わたし〉はこの一点のところにいます、あるいは、この一点こそが〈わたし〉という主体の最後のありかです――が無限の闇のなかに吸いこまれていくように感じるこの恐怖は志賀直哉だけが感じたものではありません。同じような経験を、たとえば、夏目漱石はつぎのように記しています。

身体の悪い時に午睡《ひるね》などをすると、眼だけ覚めて周囲のものが判然《はっきり》見えるのに、どうしても手足の動かせない場合がありましょう。（『こころ』）

眼を開《あ》いて普段と変わらない周囲を現《げん》に見ているのに、身体だけが睡魔の擒《とりこ》となって、いくら藻掻《もが》いても、手足を動かすことが出来なかった……。（『硝子戸の中』）

身体はすでに眠っています。意識（の最後の一点だけ）はまだ覚めており漱石はその地点から周囲を見ています。その一点が闇のなかに吸い込まれようとするさいに感じる恐怖感からのがれようとして、必死に手足を動かそうとするが、すでに眠りにおちている手足はどうしても動かない。漱石は必死にもがきながら恐怖の叫び声をあげたにちがいありません。

志賀直哉の場合にもどりますが、このような死の恐怖は、交通事故から受けた死の衝撃とともに始まったのでは実はないのです。晩年の、やがて七十五歳になろうとする作者は青年時代を回顧してつぎのように語っています。

二十代の頃は、毎晩のやうに死の恐怖に襲はれたもんだ。それは、自分が無限の暗闇の中へ引きずりこまれて行く感じで、今夜も又、夢うつつにあの気持ちになるのかと思ふと、夕方からもう、夜の来るのが恐しかった。（阿川弘之『志賀直哉（下）』岩波書店、一三二頁）

山の手線の事故を体験したときには作者はもう三十歳になっていましたから、作者の記憶に間違いがなければ、『或る男、其姉の死』にのべられているような死の恐怖を作者は事故以前からいつも感じていたということになります。交通事故の死の衝撃はふだんからそのような状態にあった作者を襲ったのです。ですから、作者に襲いかかってきた精神的な衝撃は圧倒的なものであったろうということは容易に想像できるでしょう。作者が城崎に到着したのは十月十八日でしたが、その日の日記には、その夜も「散々ウナサレタ」と記されています。城崎滞在の日々はこのようにしてはじまっているのです。

まず、『城の崎にて』という作品の構成についてのべておきたいと思います。作品の書き出しと結びの文章はすでに引用しましたが、そのあいだに挾まれている城崎滞在中の出来事について語っている文章は、全体を四つの章に分けて考えることができます。序章、蜂の章、鼠の章、蠑螈《いもり》の章です。この四つの章は、序章で提示される基本的旋律をリフレインしながら進んでいき、終章においてその完結をみるという構造をしています。比喩的な表現をやめていいかえると、序章で提示される「死に対する親しみ」が終章において精神の死として現実化する

（実現する）という構造をもっています。蜂、鼠、蠑螈《いもり》と出会う経験はこの実現を促進する具体的契機の役をはたしています。順を追って読み進んでみましょう。まず序章から。

頭は未《ま》だ何だか明瞭《はっきり》しない。物忘れが烈しくなった。然し気分は近年になく静まって、落ちついたいい気持がしていた。……

一人きりで誰も話相手はない。読むか書くか、ぼんやりと部屋の前の椅子に腰かけて山だの往来だのを見ているか、それでなければ散歩で暮らしていた。

作者はいま城崎の宿屋に滞在しています。「一人きりで」、「ぼんやりと」しているのは、閑暇を持て余しているのではないでしょう。何事かを反芻しているように思われます。「気分は近年になく静まって、落ちついて」いる、と書かれています。また、さきになってのべることになりますが、当時の作者の心はいらだちと動揺に満ちていました。その心が交通事故によって受けた肉体的な死の衝撃が去ったあとで、嵐のあとのように、不思議に静まっているというのです。嵐のような圧倒的な死の衝撃は作者の動揺し、いらだつ心の昂りを吹き飛ばしてしまったのです。八百字足らずのこの序章のなかだけでも、「静まる」、「静か」、「淋しい」という言葉が六回も使用されています。くりかえしこれらの言葉を使用することによって、独特の雰囲気が形成されます。このことは、序章だけではなく、作品全体についてもいえることです。

冷々《ひえびえ》とした夕方、淋しい秋の山峡《さんきょう》を小さい清い流れについて行く時考える事はやはり沈んだ事が多かった。淋しい考だった。然しそれには静かないい気持がある。

「淋しい考」、それは瀕死の重傷を負ったあの交通事故のことでした。

自分はよく怪我の事を考えた。一つ間違えば、今頃は青山《あおやま》の土の下に仰向《あおむ》けになって寝ているところだったなど思う。青い冷たい堅い顔をして、顔の傷も背中の傷もそのままで。祖父や母の死骸が傍《わき》にある。それももうお互いに何の交渉もなく……。

作者が思い浮かべているのは青山墓地に横たわる自分の姿です。その傍には、祖父や母の死骸があります。三つの死骸がお互いに何の交渉もなく横たわっています。作品のトーンはモノクロームです。そこに「青」のイメージが重なっています。作品の肌ざわりは「冷たい」（さきほどの引用文には「冷々とした夕方」とありました）。「青」は、静けさ、淋しさのイメージ、死のイメージです。その感触は「冷たい」。最後の蠑螈《いもり》の章は、ふたたびこの「青い」、「冷たい」イメージで全体が覆われることになります（「物が総て青白く、空気の肌ざわりも冷々として……」と書かれています）。

それは淋しいが、それ程に自分を恐怖させない考だった。何時《いつ》かはそうなる。それが何時か？——今まではそんな事を思って、その「何時か」を知らず知らず遠い先の事にしていた。然し今は、それが本統に何時か知れないような気がして来た。

死はいま、「自分」のすぐ身近にあります。身近な死のことを考えていると、淋しいけれども、恐怖を感じることはなく、それどころか、「静かないい気持」がする。

事故で瀕死の重傷を負ったとき、圧倒するような衝撃が「自分」を襲いました。しかし、衝撃とそれにたいする反応は、鼠の章で語られているように、まだ本能的で衝動的な肉体的なものでした。「自分」は、いま死を精神によって受けとめつつあるのです。

「自分」は、中学で習ったロード・クライヴという人の言葉を思い出します。死ぬはずだったのを助かったその人が、何かが自分を殺さなかった、自分にはしなければならない仕事があるのだと思って、激励されたということが書いてありました。

実は自分もそういう風に危うかった出来事を感じたかった。そんな気もした。然し妙に自分の心は静まって了《しま》った。自分の心には、何かしら死に対する親しみが起こっていた。

序章はこのように終わっています。死に拮抗する「何か」、自己を支え励ましてくれる積極的な「何か」を、「自分」は生のなかに見いだすことができませんでした。「自分」の心が静まってしまっているからです。静まってしまっている心に生じているのは、死にたいする親しみです。「死に対する親しみ」、これが序章で提示されている基本的旋律です。この旋律は、つぎの蜂の章では「その静かさに親しみを感じた」、鼠の章では「死後の静寂に親しみを持つ」と変奏されながら終章へと続いていきます。

宿の部屋は二階にありました。部屋の脇には玄関の屋根があります。屋根が建物に接続するところは羽目板になっています。その板のなかに蜂の巣があるらしい。虎斑《とらふ》の大きな蜂、と書かれていますから、すずめ蜂でしょうか、毎日忙しそうに活動しています。「自分」は、読み書きに疲れると縁側に出て、よく蜂の出入りを眺めていました。

> 蜂は羽目のあわいから摩《すり》抜《ぬ》けて出ると、一《ひ》ト先《ま》ず玄関の屋根に下りた。其此《そこ》で羽根や触角を前足や後足《うしろあし》で叮嚀《ていねい》に調えると、少し歩きまわる奴もあるが、直ぐ細長い羽根を両方へしっかりと張ってぶーんと飛び立つ。飛立つと急に早くなって飛んで行く。植込みの八つ手の花が丁度咲きかけで蜂はそれに群っていた。

「自分」の眼はいま、小さな生きものの細かい動きをひたすら注視しています。その眼は、縁側に固定されて、そこから眺めているのではありません。引用文を読むと、蜂の動きをズーム・レンズを通して眺めている感じがします。蜂ははじめからズーミング・アップの状態で見られています。つまり、「自分」の眼は蜂のすぐそばまで接近していて、蜂だけが視野に入るような位置にいるのです。蜂が飛び立つとともにアップは解除されて、植込みの咲きかけの八つ手の花の光景はその全体が縁側の視点から遠望されています。

蜂の動きを瞬時に停止させて、植え込みの咲きかけの八つ手の花に群がっている蜂を遠景に配置してみると、引用文の光景はどこか日本画を思わせるところがあります。眺める眼は、縁側を離れて蜂のところまで移動したり、ふたたび縁側のところにもどったりしているのです。このように、視点が自由自在に動き、対象に近接したり対象を遠望したりするのが日本画の作者の眼です。

引用した文章のなかでそれはどのように表現されているでしょうか。まず、視野が蜂だけに限定されていること、正確にいえば、場合によっては、蜂の身体の一部、羽根や触角だけに限定されることもあります。つぎに、「摩抜ける」、「一ト先ず」、「叮嚀に」、「奴」などの周到に選ばれた独特な用語、「しっかりと」、「ぶーんと」などの擬態語や擬音語の使い方によります。客観的に情景を描写する表現のなかにこれらの言葉をちりばめることによって、読者の眼も蜂のしぐさに釘づけになってしまうのです。蜂が飛び立つとともにズーミング・アップも解除されますが、その切り替えの効果もこのことによって一段と際立つことになります。
　小さな生きものをひたすら注視していた「自分」の眼は、ある朝、屋根の上に一匹の死んだ蜂を発見します。

〔蜂は〕足を腹の下にぴったりとつけ、触角はだらしなく顔へたれ下がっていた。他《ほか》の蜂は一向に冷淡だった。巣の出入りに忙しくその傍《わき》を這《は》いまわるが全く拘泥する様子はなかった。忙しく立働いている蜂は如何《いか》にも生きている物という感じを与えた。その傍に一疋、朝も昼も夕も、見る度に一つ所に全く動かずに俯向《うつむ》きに転がっているのを見ると、それが又如何にも死んだものという感じを与えるのだ。

　生きている蜂と死んだ蜂の際立った対照、生の動と死の不動。生は死にたいして全く無関心です。序章に作者が青山墓地に横たわる自分の姿を思い浮かべている場面がありました。いま、作者の眼は死んだ蜂に自分の姿を重ねあわせて見ています。

それは三日程そのままになっていた。それは見ていて、如何にも静かな感じを与えた。淋しかった。他の蜂が皆《みんな》巣へ入ってしまった日暮、冷たい瓦の上に一つ残った死骸を見る事は淋しかった。然し、それは如何にも静かだった。

見つめる眼は、蜂の死骸のところに居合わせています。「冷たい」という形容詞のさりげない使いかたは見事です。瓦の冷たさを、この眼は死骸になりきって感じているかのようです(2)。蜂の死の静けさは、この眼に浸透していきます。淋しさは眼には見えないけれど、見ている眼を浸していくのです。

やがて、死骸は、夜のあいだに降った雨に流されて姿を消してしまいます。晴れた翌朝、雨に洗われた木の葉も地面も屋根もきれいで、朝陽のなかに輝いています。生きている蜂たちはいま、眼前で元気に活動しているけれど、あの蜂の死骸はもうどこにもありませんでした。外界に見いだせなかった「自分」の眼は、内面の世界へ反転し、イメージの世界で蜂の死骸を追い続けるのです。

死んだ蜂は雨桶《あまどい》を伝って地面へ流し出された事であろう。足は縮めたまま、触角は顔へこびりついたまま、多分泥にまみれて何処かで凝然《じっと》としている事だろう。外界にそれを動かす次の変化が起るまでは死骸は凝然と其処にしているだろう。……それは如何にも静かであった。忙《せわ》しく忙しく働いてばかりいた蜂が全く動く事がなくなったのだから静かである。自分はその静かさに親しみを感じた。

実在の蜂の死骸は消えました。「自分」は、内面化された死骸をいま、凝視しています。イメージと化した死骸は、じっとして動きません。「自分」は、その静かさに親しみを感じています。

こうして、見つめる眼は蜂の死と完璧に同化するにいたります。その過程で、「自分」の眼は死の静かさ、その淋しさに浸潤されていったのです。序章の終わりには、「何かしら死に対する親しみが起こっていた」（傍点は引用者による、以下同じ）と書かれていました。蜂の死を凝視するという経験を経たいま、「自分はその静かさに親しみを感じた」と表現に変化が生じています。特定化する働きをもつ「その」という語は、内面において「自分」が同化した蜂の死を指しています。

蜂の死を見つめる眼は静かさに浸っているだけでした。鼠の章でその眼は動揺を経験します。蜂の死骸が視界から消えてまもなく、散歩の途中でその眼は、瀕死の――しかしまだ生きている――鼠に出会います。橋に人だかりがして何か川のなかのものを見ながら騒いでいます。人々は川へ投げ込んだ大きな鼠を見ているのです。

鼠は一生懸命に泳いで逃げようとする。鼠には首の所に七寸ばかりの魚串《さかなぐし》が刺し貫《とお》してあった。頭の上に三寸程、咽喉《のど》の下に三寸程それが出ている。鼠は石垣へ這上《はいあが》ろうとする。

子供が二、三人、四十位の車夫が一人、鼠めがけて石を投げます。なかなか当たりません。石はカチッカチッと石垣に当たって跳ね返ります。見物人は大声で笑っています。

鼠は石垣の間に漸《ようや》く前足をかけた。然し這入ろうとすると魚串が直ぐにつかえた。そして又水へ落ちる。鼠はどうかして助かろうとしている。顔の表情は人間にわからなかったが動作の表情に、それが一生懸命である事がよくわかった。鼠は何処《どこ》かへ逃げ込む事が出来れば助かると思っているように、長い串を刺されたまま、又川の真中の方へ泳ぎ出た。

「自分」の眼は、一生懸命に逃げようとしている鼠の姿を鼠に寄り添うようにして痛切な思いで見つめています。子供や車夫はますます面白がって石を投げます。

自分は鼠の最後を見る気がしなかった。鼠が殺されまいと、死ぬに極った運命を担いながら、全力を尽して逃げ廻っている様子が妙に頭についた。自分は淋しい嫌な気持になった。あれが本統なのだと思った。自分が希《ねが》っている静かさの前に、ああいう苦しみのある事は恐ろしい事だ。死後の静寂に親しみを持つにしろ、死に到達するまでのああいう動騒《どうそう》は恐ろしいと思った。

見つめる眼は、鼠の姿から視線をそらします。蜂のときと同じように、実在する鼠はイメージと化して、「自分」の内部に焼きついています。たとえ殺されなかったにしても、間違いなく死ぬであろう鼠が、全力を尽くして逃げまわっています。その様子が「妙に」念頭を去りません。「自分」は淋しい、「嫌な気持」になりました。

「嫌な」という表現は、『城の崎にて』では、この箇所で初めて使われています。このことばは、〈気に入らなくて受け入れたくない気持、不快な心の動揺〉を表現しており、最後の蠑螈《いもり》の章でもう一度、「自分」がその気がなく蠑螈を殺してしまったときに、「妙な嫌な気」になった、と使用されています。

「自分」は、「死後の静寂に親しみを持って」います。しかし、死に到達し、死の静かさに溶けこむまえに、このような「苦しみ」、このような「動騒」を経なければならないのです。しかし、確かにそれが真実なのです。恐ろしいことだけれども。

自殺を知らない動物は死ぬまであの努力を続けるだろう。「自分」はどうだろうか。「自分」もやはり鼠と同じような努力をするのではなかろうか。あの事故のときの「自分」のとった態度は鼠の場合とそう違ってはいなかったではないか。もう一度、同じようなことを体験した場合にも「自分」はやはり同じようにふるまうだろうという気がする。

鼠の章は「自分」の諦念で終わります。「自分」は、「あるがまま」でいいのだと思います。

「それは仕方のない事だ」、そう考えることによって、瀕死の鼠に出会う経験をして動揺した「自分」はふたたび心の落ち着きをとりもどすことができました。

最終章で「自分」が出会った蠑螈《いもり》は完璧に生きていました。その蠑螈を「自分」は殺してしまいます。そのようなしかたで蠑螈の死を経験した「自分」の動揺は極限に達するのです。動揺が極限に達したとき、どのような事態が生じたのでしょうか、それはこの章の最後に描写されています。

鼠のことがあってからしばらくして、ある日の夕方、「自分」は小川に沿って上流にむかって歩いて行きました。町は遠くなり人家も全く見えなくなります。

物が総《すべ》て青白く、空気の肌ざわりも冷々として、物静かさが却《かえ》って何となく自分をそわそわとさせた。

「青」のイメージは、序章でもふれましたように、冷たい死のイメージです。蠑螈の章は、書き出しから、死の予感に覆われています。

道端の大きな桑の木の枝先で、一枚の葉がヒラヒラヒラヒラ、同じリズムで動いていました。

凮もなく流れの他は総《すべ》て静寂の中にその葉だけがいつまでもヒラヒラヒラヒラと忙《せわ》しく動くのが見えた。自分は不思議に思った。多少怖い気もした。然し好奇心もあった。

何かが起こるでしょう。それが何であろうと、いわば一触即発の無防備な状態にある「自分」の心に、それは一挙に襲いかかることになるでしょう。

次第に薄暗くなってきました。もうここらで引き返そうと思ったとき、蠑螈に出会います。

自分は何気なく傍《わき》の流れを見た。向う側の斜めに水から出ている半畳敷程の石に黒い小さいものがいた。蠑螈《いもり》だ。未だ濡れていて、それはいい色をしていた。頭を下に傾斜から流れへ臨んで、凝然《じっと》としていた。体から滴《したた》れた水が黒く乾いた石へ一寸《すん》程流れている。自分はそれを何気なく、踞《しゃが》んで見ていた。

まだ濡れている蠑螈の黒い体から、水が一寸程石の上に滴っています。蠑螈はじっとして動きませんが、自己集中的な生命力に完璧に満たされて、そこに存在しています。

ところで、右の引用文の始めと終わりの二箇所に、「何気なく」という語が使用されています。前者は蠑螈を発見したときのものであり、自然な使用のしかたです（蠑螈を発見しようと思って見たわけではありませんから）。しかし、後者の使用には作者の明確な意図が込められていることに注意すべきです。蟷螂がいるのに気づいた「自分」は、踞んで、それを「何気なく」見ていたのである。つまり、蟷螂を見ていたのだけれど、それは「何気なく」だったのであり、決して見ようとして見ていたのではなかったのだ、そう作者はいいたいのです。蟷螂の事件はこのように「何気なく」はじまった、と作者は提示しているのです。これは蟷螂を「偶然に」殺してしまうという出来事の伏線をなしています。

さて、作品を読み進むうえで注目しておいてよいのは、登場した蟷螂にかんする「自分」の好悪について語る文章が続いていることです。さきほどの引用文に続けてつぎのように書かれています。

自分は先程《せんほど》蟷螂は嫌いでなくなった。蜥蜴《とかげ》は多少好きだ。屋守は虫の中でも最も嫌いだ。蟷螂は好きでも嫌いでもない。十年程前によく蘆《あし》の湖《こ》で蟷螂が宿屋の流し水の出る所に集まっているのを見て、自分が蟷螂だったら堪《たま》らないという気をよく起した。蟷螂に若し生まれ変ったら自分はどうするだろう、そんな事を考えた。その頃蟷螂を見るとそれが想い浮ぶので蟷螂を見る事を嫌った。然しもうそんな事を考えなくなっていた。

十年ほどまえの箱根の芦ノ湖の経験が語られています。蟷螂が湖岸にある旅館の排水口のところに集まっていました。それを見て、「自分が蟷螂だったら堪らない」という気によくなったものだ。「蟆螈に若し生まれ変ったら自分はどうするだろう」、そんなことを考えたというのです。

このような感受性と、その感受性から発し、それに規制される思考があります。遥かな幼児期の世界の記憶、あるいは、人類の古代の記憶が、そこにひそんでいるものでもありましょう。「蟆螈の身になる」。日本語にも、このような表現として痕跡をとどめています。作者は蟆螈の身になって感じ、考えているのです。

蟆螈にはそのような昔の思い出もありました。「自分」は蟆螈にたいして一種の気安さを感じたはずです。

自分は蟆螈を驚かして水へ入れようと思った。不器用にからだを振りながら歩く形が想われた。自分は踞んだまま、傍の小鞠《こまり》程の石を取上げ、それを投げてやった。自分は別に蟆螈を狙わなかった。狙ってもとても当たらない程、狙って投げる事の下手な自分はそれが当たる事などは全く考えなかった。

「自分」は蟆螈を狙って石を投げたのではない、と作者は説明しています。しかし、この説明は論理的ではないというべきです。何故なら、投げることが下手ならば、蟆螈を狙って投げたときには当たらないかもしれませんが、ただ蟆螈を驚かせるために、つまり、蟆螈に当たらないように（あるいは、はずすことを狙って）投げたならば、当たる可能性があるからです。石は蟷螂に命中します。

石はコッといってから流れに落ちた。石の音と同時に蟷螂は四寸程横へ跳んだように見えた。蟷螂は尻尾《しっぽ》を反《そ》らし、高く上げた。自分はどうしたのかしら、と思って見ていた。最初石が当ったとは思わなかった。蟷螂の反らした尾が自然に静かに下りて来た。すると肘《ひじ》を張ったようにして傾斜に堪えて、前へついていた両の前足の指が内へまくれ込むと、蟷螂は力なく前へのめって了った。尾は全く石についた。もう動かない。蟷螂は死んで了った。

「何気なく」見ている「自分」の眼は、ここでは、「自分はどうしたのかしら、と思って」見ていたと表現されています。その眼前で蟷螂は、生から死へと一瞬のうちに移行していきました。いま、両前足の指が内へまくれ込み、力なく前のめりになって石の上に横たわる死んだ蟷螂が見えています。それにしても、蟷螂が一瞬のうちに生から死へと移行していく姿を描写した右の引用文は、簡潔で、実に鮮明で、見事としかいいようのない文章です。スローモーションで光景をありありと見ているようです。

しかし、引用文には描写の見事さによって覆いかくされているものがあります。石は、いったい、蟷螂のどこに当たったのでしょうか。引用文では、蟷螂の両方の前足の指と尻尾についての描写があるだけで、どこに当たったのかは明らかではありません。『日記』を読むと、石が頭に当たったことを知ることができます（「石を投げたら丁度頭に当たって一寸尾っぽを逆立て、横へ這《は》ったぎりで死んで了った」、全集一〇）。「小鞠程の石」――といいますから、ソフトボールくらいの大きさでしょうか――が、蟷螂が一瞬のうちに息絶えるようなしかたで、頭を直撃したのですから、頭はぐしゃりと潰れていたはずです。ひょっとすると、眼が飛び出しているかもしれません。

作者が一九一四（大三）年の夏――城崎滞在の翌年、作品『城の崎にて』執筆よりも二年九ヵ月ほどまえのことです――の出来事を書いた『家守』という小品があります（一九一四年七月）。この小品には題名のとおり家守が登場しますが、「自分」は、火箸代わりにしていた先が黒く焦げて尖っている杉箸で家守の「眼と眼の間の脳天」を狙って突き刺します。箸は「脳天から喉へ突きとおり」、家守の「片方の眼が飛び出した」と書かれています。死んだと思って箸を抜いて庭の隅に捨てた家守は、まだ生きていました。「自分」が近寄ると家守は「片眼は飛び出したまま、脳天は穴の開いたまま」弱々しい歩き方で逃げはじめます。「自分」は「不意に厭な気持」に襲われます。そして、この家守が自然にもとどおりの体に戻って生き延びるならばまだ生きていたことを喜べるかもしれないけれど、そうは考えられなかったので、「自分は気味悪さと同時に或怒りを感じた」と書かれています。

この『家守』という小品で、脳天に穴が開き、片眼が飛び出した家守の描写がなされているのは、作品にとってその必要性があったからです。『城の崎にて』では、そのような残虐な光景についての描写は周到に回避されています。それは、この作品そのものの基本的旋律を乱さないようにという配慮がまずあるでしょうし、また、蠑螈の死を抽象的に描写しておかなければ（つまり、具体的に、生々しく描写すると）、最後の蠑螈と交感する場面が成立しにくくなるという計算があるように思われます。

蜂の場合、気がついたときには、眼前に死骸が転がっていました。その死骸を「自分」は静かに凝視し続けただけでした。こうして、それを凝視する「自分」の眼は、死の静かさ、その淋しさに浸潤されていきました。鼠の場合も、それが眼に入ってきたときには、すでにその死は確実に予期される状態でした。見つめる「自分」が平静でいられなくなって動揺したのは、瀕死の鼠の「動騒」する様子が恐怖感をともなって「自分」を襲ったからでした。「自分」は「淋しい」だけではなく、「嫌な気持」になりました。

蜂や鼠の場合、「自分」とのあいだに生じた関係は、〈見る―見られる〉という関係、つまり、視覚の領域内に限られています。しかし、蠑螈の場合は違います。視覚にかんしていえば、蠑螈は、初めからその死に至るまで、「何気なく」見られていたにすぎません。しかも蠑螈は完璧に生きていました。「自分」は石を介して、それを握った手を介して、投げた腕を介して、蠑螈とかかわりを持ったのです。そのかかわりによって、蠑螈は一瞬のうちに生から死へ移行していきました。

自分は飛んだ事をしたと思った。虫を殺す事をよくする自分であるが、その気が全くないのに殺して了ったのは自分に妙な嫌な気をさした。素《もと》より自分の仕《し》た事ではあったが如何《いか》にも偶然だった。蠑螈にとっては全く不意な死であった。

「自分」は後悔します（「飛んだ事をしたと思った」）。しかし、「自分」は「その気が全くないのに殺して了った」わけですから、みずからの行為の結果生じた予期しなかった事実に戸惑いを覚えます。そしてまた、この戸惑いの気持のなかには、「自分」が殺したのだという事実を認めたくないというひそかな願望も混在しているかもしれません。後悔と戸惑いと認めたくないというひそかな願望、これらが混在する心の状態が「妙な嫌な気〔持〕」です。「嫌な気持」というのは、鼠の場合にかんしてすでにのべましたように、〈気に入らなくて受け入れたくない気持、不快な心の動揺〉を表現しています。しかし、ここでは、さらに「妙な気持」が加わっています。それは、〈これまでに経験したことのない、不思議な心の状態〉を意味するでしょう。蠑螈は死んでしまいました。自分が投げた石によって。それは思いもしなかったことでした。そのくい違いによって「妙な嫌な気〔持〕」が生じています。予期しなかった蠑螈の死から「自分」はこのような衝撃をうけたのです。

この「妙な嫌な気（持）」について、もう少し考えておくことにしましょう。この気持がどのような過程を経て生じているのか、また、この気持にかんして感覚知覚、思考、意志などがどのようなありかたをしているか考えてみたいのです。つまり、「自分」の主体としての〈わたし〉（精神の働きの中心にいる〈わたし〉のことです。見つめているとき、〈わたし〉が見つめているわけで、その〈わたし〉、あるいは、〈わたし〉の思考、〈わたし〉の意志、〈わたし〉の感覚知覚、などというときの〈わたし〉のことです）がどのようなありかたをしているかということについて考察してみたいと思います。

くりかえしになりますが、「自分」は蠑螈を「何気なく」眺めていただけです（作者はそう断わっています）。それから、蠑螈をちょっと驚かせてやろう、と思っただけです。そして、石を投げました。「自分」には「その気」つまり〈殺そうという意図〉は全くありませんでした。いま、「自分」は、両前足の指が内へまくれ込み、力なく前のめりになって（頭はぐしゃりと潰れて、眼が飛び出して）石の上に横たわる蠑螈の死骸を見つめています。

蠑螈を眺めているとき働いているのは視覚です。しかし、「何気なく」眺めていたのですから、〈わたし〉は眺めるところには居合わせておらず、何処かほかのところにいたはずです。それから、石を投げて蠑螈を驚かせてやろう、と思ったときには、そういう思いのなかに、驚かせてやろう、石を投げよう、という意志もまた存在していたはずです。しかし、この思考や意志も、「何気なく」眺めているという地平のなかで働いたのですから、〈わたし〉はこの思考や意志のもとに明確には居合わせてはいません。そして、「自分」は、石を手でつかみ、腕を振って、蠑螈のほうへ投げました。このとき働いているのは、視覚や触覚、投げるさいの身体感覚ないしは運動感覚です。しかし、これらの感覚知覚もすべて「何気なく」眺めているという地平のなかで働いているのですから、〈わたし〉のありかはさだかではありませんでした。

思考および意志、投げるという行為にさいして働く感覚知覚、これらはすべて「何気なく」眺めているという地平のなかで働いており、これらすべての働きにおいて〈わたし〉のありかは明確ではなく、曖昧でした（作者はそのように自覚して書いているのです）。「自分」は、確かに、投げようとして石を投げたのですが、「自分」の思考にも意志にも感覚知覚にも、何処にも明確な〈わたし〉は存在していません。石を投げるという行為はあっても、行為する〈わたし〉は明確には存在しないのです。そのなかで生じた蠑螈の死には、石が当たるという偶然が介在していますから、殺すという行為を行なった加害主体としての〈わたし〉にはどこか曖昧さがつきまとうのです。つまり、「自分」が殺したという実感には、どこか、不確かさがともなうということです。また、不確かな〈わたし〉のありかたから生じているこの「妙な嫌な気（持）」は、いつまでも浸っていたい気持ではありません。

「自分」の眼は、加害主体のありかではなく、「偶然」のほうへ流れていきがちです。頭の潰れた死骸の描写がなされていないのはこの流れゆきを自然なものにしようとする意図から発しているように思われます。〈わたし〉のありかが曖昧な思考があり、〈わたし〉のありかが曖昧な意志がある。すると、思考や意志は、あたかも自然現象のように生じたことになりかねません。〈わたし〉のありかが曖昧なままなされる行為は、もはや行為というよりも、ほとんど物体の運動に近いものになります。こうして、さきほどの引用文にあるように、「自分の仕た事」は「偶然」に帰せられることになります。「素より自分の仕た事ではあったが如何にも偶然だった」と。

読者は何気なくこの文章を読み過ごしてしまいます。しかし、それでは作者の意図も一緒に読み過ごしてしまうことになりかねません。作者は、さきほどもいいましたが、自覚して、あるいは、十分計算したうえで、この文章を書いているのです。すでにのべたように、作者は蠑螈の死骸の描写から、ぐしゃりと潰れた頭や飛び出した眼の描写を自覚的に排除しています。いま、また、作者のほうは、イメージの世界で、（そのようにして）石の上に横たわる蠑螈の死骸を見つめながら、同時にまた、〈わたし〉のありかが曖昧な「自分」を見つめながら、この文章を書いているのです。作者の〈わたし〉のありかは明確です。描写されている「自分」の主体としての〈わたし〉のありかが曖昧なだけなのです。

日本語には主語（＝主体）が存在しなくとも文が成立するという際立った特徴があります。この「素より自分の仕た事ではあったが如何にも偶然だった」という文章は、日本語のこの特徴を見事に駆使して、融通無碍な内容を表現している手本のような文章です。試みに、この文章から「素より」、「如何にも」という二つの副詞と助詞「は」とを抜いて文の骨組みだけをとりだしてみると、「自分の仕た事であったが偶然だった」となります。

何だか、「自分の仕た事」が「偶然だった」といっているかのように思われます。何が〈または、何は〉、「自分の仕た事」なのか、何が〈または、何は〉、「偶然だった」のか、主語が存在しないのではっきりしないのです。このような曖昧な文章が日本語では可能なのです。

この文章に主語を補ってみると、つぎのようになるでしょうか。〈石を投げたのは、自分の仕た事ではあったが、それが当たったのは、偶然だった〉。しかし、これでは、「殺して了った」という「自分」の後悔する気持が表現に現われていません〈その意識があるから、「自分」はいま、「妙な嫌な気」がしているのですから〉。むしろ、つぎのように主語を補ったほうがよいでしょう。〈石を投げのは、自分の仕た事ではあったが、それが当たって、蠑螈が死んだ（＝蠑螈を殺してしまった）のは偶然だった〉。

「素より自分の仕た事ではあったが如何にも偶然だった」というもとの文章にもどってみましょう。この文章は、「素より」、「如何にも」、「は」という三つのことばによって文章全体に明確な傾斜がつけられています。「素より自分の仕た事ではあったが」までの前半の部分は、「如何にも偶然だった」という後半に係っていく、たんなる枕詞にすぎないかのようです。「素より」〈いうまでもなく〉、「自分の仕た事」で「は」あったが、という前半における認めかたの消極性と、「如何にも」〈どう見ても、どう考えても〉、「偶然だった」という後半の主張の積極性が、こうして、際立つのです。石を投げたのは、もちろん、偶然ではありません。偶然なのは、それが当たったということです。ですから、蝶螈が死んだのは、偶然だった、とはいえるかもしれませんが、殺したことまで偶然だったとは決していえないのです。

くりかえしになりますが、「自分」も蝶螈を殺してしまったことは認めています。この地点にとどまって、殺してしまったという事実について反省する方向に思考が展開することも可能であると一応は考えられます。しかし、そうはなりません（「自分の仕た事」は「素より」〈いうまでもない〉といういいかたをすることによってこのような反省は回避されています）。なぜ反省へむかわないのかといえば、「自分」は「妙な嫌な気（持）」に捕らわれているからです。この気持は、すでに述べたように、「自分」における思考、意志などの主体としての〈わたし〉の曖昧さから生じているのであり、そのような曖昧な〈わたし〉を拠点にして働く思考によってそもそも対象化（相対化）できるようなものではありません。この気持は「自分」にとって絶対的なものなのです。ではどうなるでしょうか。この「妙な嫌な気（持）」そのものの解消を目論むよりほかありません。そこから、「素より自分の仕た事ではあったが如何にも偶然だった」という表明がなされているのです。

この融通無碍な曖昧な表現によって、投げた石が当たって蝶螈が死んだことばかりでなく、投げた石によって蝶螈を殺してしまったことまでが偶然だったように、「自分」にはもちろん、読者によって受けとめられるのです（作者は「自分」に寄り添いながら、このように書いているのです。寄り添いながらその行く末を見つめています）。こうして、蝶螈の死は、何者かの投石によってではなく、あたかも落石かなにかの自然現象によって生じたかのようにみなされてしまいます。

しかし、「その気が全くなかった」からといって、「殺して了った」という事実が消滅するわけではありません。蠑螈は殺されたのであって、偶然の自然現象によって死んだのではありません。この事実へのわだかまりを完全に払拭する効果を発揮しているのが、「素より……偶然だった」に続く、「蠑螈にとっては全く不意の死であった」という文章です。この文章が示すように、「自分」の視線は「自分の仕た事」から離れて、死んだ蠑螈にだけ限定して注がれます（さきほどいいましたように、「自分」が殺したことは偶然ではありませんが、蠑螈が死んだのは偶然です）。蠑螈は偶然死にましたし、その死は確かに、不意の死でした。蠑螈の不意の死にだけ視線を限定することによって、作者は蠑螈の死を「自分」との関係から切断し、「自分」を視界から排除しているのです。同時に、読者の視線をそのように誘導しています(3)。

ここには作者の明確な計算ないしは意図があります。こうすれば、投石という行為によって蠑螈を殺してしまったという責任の問題は不問に付されることになり、その死は偶然の出来事によって生じたことになるからです。蠑螈の死が偶然の出来事によって生じたのであれば、それは運命だったのです。「自分」の行為は免罪されて、後ろめたさも消えます。このようにして、「自分」の「妙な嫌な気（持）」というわだかまりも解消します。

蠑螈の死を「自分」との関係から切断し、「自分」を視界から排除している、読者の視線をそのように誘導している、このようにして、「自分」の「妙な嫌な気〔持〕」も解消する、と書きました。しかし、このような誘導が極く自然に成り立つためには、実は、ある前提条件が必要です。それは、すでにのべた、〈わたし〉のありかの曖昧さです。〈わたし〉のありかが曖昧であることによって、〈わたし〉の、この場合は、時間的に継起するありかたが断片的になります。すると、直前の光景を見ていた〈わたし〉とつぎに続く光景を見る〈わたし〉とあいだに連続性が成立せず、両者は無関係にただ併存するだけです。「蠑螈にとっては全く不意の死であった」というこの文章は、蠑螈の死が不意であったとのべながら、そのように言及することによって、直前までの視界を遮蔽する働きをするのです。また、〈わたし〉がこのように断片的であれば、〈わたし〉は、時と場合に応じて、自由自在に移行することができます。「自分」は、いとも簡単に、「蠑螈の身になる」こともできるのです。

自分は暫く其処に踞んでいた。蠑螈と自分だけになったような心持がして蠑螈の身に自分がなってその心持を感じた。可哀想に想うと同時に、生き物の淋しさを一緒に感じた。自分は偶然に死ななかった。蠑螈は偶然に死んだ。自分は淋しい気持になって、漸く足元の見える路を温泉宿の方に帰って来た。

「蠑螈の身に自分がなってその心持を感じた」と書かれています。「蠑螈の身になった」ときに感じられる、「その」、つまり、蠑螈の、「心持」とは何でしょうか。蠑螈は一瞬のうちに不意に死んだのですから、何ごとかを思う暇はなかったでしょう。また、仮に、死んだ蠑螈が何ごとかを思うとしたならば、理不尽にも、突如としてみずからの生命を奪った者にたいする怨念であるかもしれません。しかし、「その心持」は「生き物の淋しさ」であると書かれています。この淋しさは「自分」の心持であって、蠑螈の心持ではないでしょう。「自分」はみずからの心持を死んだ蠑螈に投影しているにすぎません。ここにみられるように、簡単に「蠑螈の身になる」ことができる、ということは、そうすることによって、蠑螈という「自分」にとって他者の他者性（他者が他者であるということ）を抑圧し、抑圧するというしかたでその他者性を簒奪してしまうことにもつながります。

しかし、右の引用文にはそれだけではすますことのできないある主観的な真実が語られています。それは、あたかも生者が死者と交わる死の秘儀の描写として読むことができるのです。場所は、冷々とした薄暗い山峡の渓流のほとり、そこが聖域です。そこに居合わせているのは死んだ蠑螈と「自分」だけです。死者は生者によって祭られ、生者は死者を介して、死者とともに、死と交感します。蠑螈は、実際は、みずから手を下し屠《ほふ》ったのですが、意識のうえでは何ものか（例えば、運命、あるいは戦争など）によって殺された、犠牲です。それは、死すべき「自分」の、身代わりの死を死にました。「自分」は、可哀相な蠑螈の身になって死んだ蠑螈と一緒に、その心持——淋しさ——を感じています。死なかった「自分」は、生の側から、そして偶然に死んだ蝶螈は死の側から。こうして、犠牲の蝶螈の死と一体化する死の秘儀は終了します。

ところで、右の引用文には「淋しい」という言葉が二度使用されています。「淋しい」というのは一体どのような感情でしょうか。淋しさは誰でも知っているといわれるかもしれませんが、ここではその構造的な意味を考えてみたいのです。そのことを考えるうえで貴重な手がかりを与えてくれるのが引用文の「生き物の淋しさを一緒に感じた」という箇所です。ここで、「一緒に」というのは、「自分」が、死んだ蝶螈と、一緒に、ということです。死んだ蝶螈と「生き物の淋しさ」を一緒に感じるというのは、右にのべましたように、「自分」の思い込みにすぎないとしても、ある決定的な事実がここに語られています。それは、「自分」の気持が死んだ蝶螈に引き寄せられて、生の領域を踏み越えて死の領域のなかにまで滲出しているということです。いいかえますと、「自分」の気持のなかで、生と死の境界がはっきりしなくなっているということです。「淋しさ」というのは、生と死の境界を越えて死のなかに滲出する時の感情、いいかえると、死のなかに溶けこみ、死と融合する感情です。

さらにいえば、死んだ蝶螈と「生き物の淋しさを一緒に感じる」ことができるのは、「自分」が殺したのだという意識（後ろめたさ、自責の念）が曖昧で、稀薄だからです。「自分」の思考は、固定した特定の拠点にある〈わたし〉に依拠して働くことはなく、自由自在に移行する〈わたし〉に依拠して働きます（この移行の自在さから、すでにのべたように、「自分」が殺したのだという意識の曖昧さ、稀薄さも生じています）。いま、「自分」の思考は、生の領域を去って死んだ蟋蟀のところに居合わせています。日本人の伝統的な死生観のなかで働いている思考はこのように、確固とした拠点に定位することはありません。思考の拠点、つまり、思考する主体である〈わたし〉は、独立することはないのです。独立する、つまり、特定の固定した拠点に定位して屹立すれば、拠点としての〈わたし〉そのものの消滅、すなわち〈わたし〉の死に、その地点において、直面しなければならなくなります。このようなしかたで死と直面するときの感情、それが、「淋しさ」と区別して使われるときの、「孤独」という感情です。「孤独」とは〈わたし〉が〈わたし〉自身の消滅すなわち死に直面するときの感情です。死のなかに溶けこみ死と融合することはありません。

「自分」は「淋しい気持」に浸されながら聖域をあとにし、温泉宿のほうに帰っていきます。遠くに町外れの灯りが見えてきます。蜂や鼠のことが、おのずから想念に浮かんできます。死んだ蜂は、その後の雨でもう土の下に入ってしまったことだろう。あの鼠も、いまごろは、水ぶくれした死体となって塵芥と一緒に海岸へでも打ち上げられているだろう。そして、「死ななかった自分は今こうして歩いている」、そう思います。

自分はそれに対し、感謝しなければ済まぬような気もした。然し実際喜びの感じは湧《わ》き上ってては来なかった。生きている事と死んで了っている事と、それは両極ではなかった。それ程に差はないような気がした。

引用文の前半の部分（「……然し実際喜びの感じは湧き上がっては来なかった」まで）は、序章の「実は自分もそういう風に危うかった出来事を感じたかった。そんな気もした。然し妙に自分の心は静まって了った。自分の心には、何かしら死に対する親しみが起こっていた」という文章に照応しています。序章では、作品の基本的旋律をなす「死に対する親しみ」が、「何かしら」という漠然とした不確定を意味する修飾語を付して、提示されていました。それに照応しているのが後半の「生きている事と死んで了っている事と」以下の文章です。この文章は「死に対する親しみ」の感情が、蜂、鼠、蠑螈との出会いの経験を経てたどりついた結末を表現しています。さきほど、生と死の境界が失われ、「自分」の気持が、生の領域を踏み越え死の領域のなかに滲出しているといいました。生きていることと死んでしまっていることとが両極ではなく、それほどに差がないという気分はそのような「自分」の気持をいいかえたものにすぎません。「自分」は、いま、「淋しい気持」に完全に浸りながら歩いています。序章で提示された「死に対する親しみ」の感情は、蠑螈の章で、このような〈死と融合し、死のなかに溶けこむ〉気分に到達することによって完結をみているのです。

このような気分のなかにいる「自分」の精神は、いま、どのような状態にあるでしょうか。作者はつぎのように書いています。

もうかなり暗かった。視覚は遠い灯を感ずるだけだった。足の踏む感覚も視覚を離れて、如何にも不確だった。只頭だけが勝手に働く。それが一層そういう気分に自分を誘って行った。

夕闇が深まり、外界はもうかなり暗い。そのようなとき、暗闇のなかを歩いていると、足もとの安全を確かめようとしてもよく見えないために、視覚と足の踏む感覚とのあいだに齟齬をきたすということはわたしたちもよく経験することです。このとき、普段は〈わたし〉のもとに統合された状態で働いている視覚と運動感覚（「足の踏む感覚」）が背離しています。そういうとき、わたしたちは、もどかしく感じたり、気をつけなければ危ないぞ、と考えたりします。この場合、背離しているのは視覚と運動感覚だけで、それ以外の感覚知覚、思考、意志などの働きは〈わたし〉を中心に統合された状態にあるので、そう感じたり、そう考えたり、できるのです。

しかし、引用文の「自分」の場合は、もどかしそうではありません。「自分」は、どこか放心している様子で、気をつけなければ……、と考えることもしていません。それどころか、「自分」の思考は、勝手にめまぐるしく働いており（「只頭だけが勝手に働く」）、意志の統制がきかないのです。「自分」の「視覚は遠い灯を感ずるだけ」です。「自分」は、いま、さながら夢遊病者のような放心状態で歩いています。「自分」に見えているのは、外界の、暗闇と暗闇のなかにうかぶ遠い灯、内面の、定かではない足の踏む感覚と意志の統制を離れて勝手に働く思考です。それらを「自分」はどうすることもできずにただ見つめているだけです。普段は、「自分」の思考、意志、運動感覚、その他の感覚知覚は、「自分」と称している人物の〈わたし〉を中心にその下に統合されて働きます。しかし、これらの働きは、いま、統合の中心を離れ、ばらばらに解体しているのです。

蠑螈の出来事において、「自分」と称している人物の〈わたし〉のありかは終始、曖昧で、不確かでした。「淋しい気持」に完璧に満たされながら歩いている、いま、「自分」の統合の中心としての〈わたし〉はどこにも見いだすことができません。精神の主体をなす〈わたし〉は、思考、意志、感覚知覚の統合が背離した状態のなかで解体しています。〈わたし〉の解体、それは精神的存在としての〈わたし〉が消滅することであり、〈わたし〉の精神的な死にほかなりません。死を認識することは不可能かもしれません。しかし、認識する〈わたし〉の死は存在します。それは精神の死として、生のただなかにおいて、たとえば、このようにして生起するのです。

引用文の最後の一行の「そういう気分」とは、もちろん、「生きている事と死んで了っている事と、……それ程に差はないような気〔分〕」のことです。「淋しい気持」に完全に浸されながら「自分」は、いま、〈わたし〉が解体した放心状態で、歩いています。『城の崎にて』という作品の結びの最後の一行は、「自分は脊椎カリエスになるだけは助かった」という文章で終わっています。医者が致命傷になりかねないといった脊椎カリエスにはならずにすみました。
しかし、「自分」は、それとは違った精神の死を経験しなければならなかったのです。

注

（1）中村光夫は、『城の崎にて』に見られる「異常な静寂と死への親しみは、負傷後の貧血に伴ふ生理的機能の低下から説明できる」とのべたあとで、『城の崎にて』の特に最後の場面に描かれていることは、「貧血にもとづく自己保存欲の低下」の結果生じた「自然の秩序の営む生死の循環への謙虚な合一の感情」であり、それは「至福の状態」といってよいと断言しています（中村光夫『志賀直哉論』筑摩叢書、一一〇頁）。

（2）このような感性は『万葉集』の時代にすでに日本人がもっていた伝統的な感性です。一例をあげてみます。「降る雪はあはにな降りそ吉隠《よなばり》の猪養《いかい》の岡の寒からまくに（二〇三）」（雪が降っている。雪よ、どうか、たくさん降らないでくれ。吉隠の猪養の岡が寒いだろうから）という穂積皇子の歌が『万葉集』にあります。相思相愛の相手であった但馬皇女が亡くなり「吉隠の猪養の岡」に埋葬されました。やがて冬になり雪が降っています。その岡を望みながら穂積皇子が「悲傷《ひしょう》流涕《りゅうてい》して」作った歌です。穂積皇子は吉隠の猪養の岡に埋葬されている但馬皇女に寄り添うようにして雪の冷たさを感じているのです。

（3）作家が、ある意図を持って十分計算しながら、文章を書くのは当たり前のことです。志賀直哉自身のことばを挙げてみましょう。これは芥川龍之介の作品について語ったものです。「『妖婆』という小説で、二人の青年が、隠された少女を探しに行く所で、二人は夏羽織の肩を並《なら》べて出掛けたというのは大変いいが、荒物屋の店にその少女が居るのを見つけ、二人が急にその方へ歩度を早めた描写に夏羽織の裾がまくれる事が書いてあった。私はこれだけを切り離せば運動の変化が現れ、うまい描写と思うが、二人の青年が少女に注意を向けたと同時に読者の頭も其方へ向くから、その時羽織の裾へ注意を呼びもどされると、頭がゴタ〳〵して愉快ではなく、作者の技巧が見えすくようで面白くない……」。(『沓掛にて——芥川君のこと』全二二)

第二章　父と子――血縁の父と父なる神とのはざまで

作品『城の崎にて』は一九一七（大六）年四月に執筆されました。この作品は志賀直哉の転回を告げる重要な作品だと思われますので主要な部分をていねいに読んでみました。この作品の結末に描かれているのは、〈わたし〉という主体の解体ないし消滅です。そのことが作家志賀直哉の青年時代の生の軌跡のなかでどのような意味をもっているのか、また、その直後に成立する父親との和解とどのような関係があるのかをこれから考察してみたいと思います。そのために、まず父親との関係を幼少年時代にまでさかのぼって見ておくことにします。

志賀直哉は一八八三（明一六）年、現在の宮城県石巻市に生まれました。父直温《なおはる》が当時、第一銀行石巻支店に勤務していたからです。二歳の年に父が銀行を辞職し東京に移ります。東京では、まだ若い両親のもとを離れ祖父母の家で育てられました（直哉は次男でしたが、長男が幼くして死んだため、志賀家の嗣子になったためです）。四歳のとき、父は家を離れて、金沢に数年間単身赴任します。したがって、父についての幼年時代の記憶はほとんど存在しないと志賀直哉はいっています。

父についての最初の記憶は、七歳のころのものです。ある日、旧藩主の屋敷に出かけていく父のお供をして愛宕山の下を歩いていました。身体の具合がすぐれなかった様子の父は、大儀そうで、途中、電柱のわきで休息しました。


その時自分はある同情とある愛情とを感じながら、父を見上げたのを覚えている。(「暗夜行路草稿27」全六)

〈同情し、愛情を感じながら、父を見上げている子〉、この構図のなかに、父と子の関係が鮮やかに浮かび出ています。子は、大きな姿の父に愛情を抱く。そして、父からの愛情を感じながら、見上げるように大きい父に同情の念を抱く(=同化する)ことによって、子はみずからを高め成長しようとします。父は、子の成長の目標であるばかりでなく、成長の発条《ばね》でもあるのです。そのさいに、父が子に示す愛情は不可欠です。父の愛情の欠如は、目標であり発条でもある存在としての父の失効を招くことになるからです。

十歳のころ、父の部屋で父と相撲をとったときの鮮明な記憶が残っています。父は負けてくれませんでした。全身の力を込めて、懸命になって、何度もぶつかっていきましたが、その度に負かされました。父が、どうだ降参か、といいましたが、「自分」は降参しませんでした。

父は転がした子の帯を解いて、一方の端で両手を後ろ手に、他の端で両足を縛り上げ、置き去りにしたまま机に向かって何かはじめました。もがいてももがいても帯は解けませんでした。「自分」は心から父を憎いと思いました。

その時自分に父は「父」という気がしなかった。それが自分にある悲しみを誘った。(「暗夜行路草稿27」全六)

憎しみを込めて父の背を眺めているうちに、子はとうとう我慢できなくなって、激しく泣き出してしまいます。

父が子に背を向けるとき(=父の愛情が不在になると)、父にたいする子の愛情は、一転して、憎しみに変わります。求めてやまない〈父〉の不在は、子の心に悲しみを生みだすのです。そして、〈父の不在〉と〈父の希求〉とは、相互に強め合う働きをします。〈父の不在〉は〈父の希求〉の思いに拍車をかけ、〈父の希求〉は〈父の不在〉感を増幅するのです。

この相撲の記憶は、『暗夜行路(前篇)』の〈序詞〉のなかに描かれています。それは、作品のなかで主人公がたどらなければならなかった〈暗夜行路〉の遥かな源泉が、記憶のなかの〈父の不在〉に発していることを暗示しています。そして、〈暗夜行路〉は、後篇の最後に描かれている、あの大山の場面において解決します。大自然のなかに溶けこんでいくときに感じる不思議な陶酔感と安らぎのなかで、主人公がたどらなければならなかった苦悩に満ちた暗夜のような行路は、跡かたもなく解消していくのです。つまり、『暗夜行路』の基本的構成は、〈父の不在〉から発した問題が、〈自然の中に溶けこむ〉ことによって解決をみるという構造をもっているのです。

一八九五（明二八）年、十二歳の夏、実の母が死にました。子は、祖父の泣くのをそのときはじめて見ました。しかし、父は少しも泣きませんでした。子は泣かない父のことを訝しく思いました。秋になるともう、父のところに後妻がきました。少年の心にふと浮かんだ疑惑の傷痕は、くり返し生じた父と子の不和・対立のなかで、息を吹き返し、やがて明確な姿をとるようになります。

十五歳のころのことです。父が庭を大切にすることに子はいつも不満を持っていました。そこで、怒られるのを承知で、庭に石灰の線を引いて、テニスをしたことがありました。石灰はなかなか消えませんでした。消えたところには跡がついて、そこだけ苔が枯れて赤く汚くなっていました。父に腹を立てたときには、庭中の木を根もとから切ってしまってやる、と思いました。しかし、それは無理なので、下駄を履いて庭中を駆けまわったことがありました。雨上がりの濡れて美しい苔の上を靴で滑ってまわったこともありました。

このような意図的な面当て行為は、しかし、それを行なった子供自身をも苦しめたのです。そういう子を後継者にもった不幸を、我慢して、じっと耐えているであろう父親の気持を察して、子は二重に苦しみました。しかし、それでも（あるいは、だから）、子は、父にたいする反抗をやめることができませんでした。

彼には断えず父に突かゝって行きたい気があった。彼はそんな事でゞも父を怒らせ激しい喧嘩がしたかったのである。喧嘩になれば、彼は直ぐ泣いて怒り出した。で、ただ無茶苦茶に乱暴な事を云った。これは彼の欲望だった。何故こんな事がしたいかは彼も自分でハッキリ解からなかった。（「死ね〳〵」草稿、全二二）

そういうことが度重なると、父は子との面倒な交渉を避けるようになりました。避けられると、なおさら、子は父に向かって突っ掛かっていきます。父は、満面に不快感を浮かべて、「もうあっちへ行け。行け」と、まるで犬でも追い払うように子を振り切って、立ち去ってしまうのでした。子は一人とり残されて、ワッと激しく泣き伏すのでした。

その頃の彼にとっては父が自分を少しも愛していないという意識が唯一の不幸であった。……彼の心の奥底には絶えず、父から愛されたいという欲望が燃えていたのである。（「死ね〳〵」草稿、全二二）

一九〇一（明三四）年夏、一八歳のとき、志賀直哉は内村鑑三（一八六一〜一九三〇）の主宰する聖書講義の会にはじめて出席しました。内村は当時キリスト教の独立伝道を開始したばかりでした。以降、七年間、志賀直哉は内村をつうじてキリスト教の教えにふれる経験をもつことになります。

父との衝突が、年譜にも登場するような、はっきりとした事件として最初に起きたのは、一九〇一（明三四）年夏の足尾銅山鉱毒問題にかんしてです。足尾銅山から放出される大量の鉱毒のたれ流しにより渡瀬川下流の数万ヘクタールの農地を汚染した、明治の産業史上有名なこの鉱毒事件は一八九一年に衆議院議員田中正造が帝国議会で取りあげて以来世間の注目をひくようになりました。それから十年を経て、ちょうど志賀直哉が内村鑑三のもとに通いはじめたころ、反対運動は頂点に達しようとしており、足尾銅山の経営者古河市兵衛と富国強兵政策遂行のため古河を擁護する明治政府とを糾弾する演説会が、神田美土代町の青年会館で開催されました。その会でキリスト者内村鑑三は、キリスト教の影響を受けた片山潜、安部磯雄、木下尚江などの社会主義者たちとともに演説し、社会的正義と人間の正義に訴えて、古河と明治政府を糾弾しました。志賀直哉はその演説を聞いて、学習院の友人たちとともに鉱毒地の視察を計画し、反対する父親と激論するにいたりました。この銅山は昔、志賀直哉の祖父が古河と共同で経営に関係していたことがありました。経営者古河家にたいする配慮から父は息子に反対し、その計画を無理にやめさせようとして衝突したのです。

衝突はかなり激しいものでしたが、激怒した父の反対の根拠が、子の心に深い傷痕を残すことになりました。家族の者が被害民に同情していることが知れると、自分が非常に迷惑する、というのが父の反対する理由だったのです。父はまた、学生は学生らしくしていろ、ともいいました。

一般的に、父親は息子にとって謎の存在であるという側面をもっています。父と子のあいだには、謎としての距離が存在しているのです。この事件は、父にたいする謎を解消してしまい、息子は父親の正体を見たような気がしました。残ったのは、父にたいする軽蔑の念だけでした。この軽蔑は、以後の父と子の衝突に悲しい影響を及ぼすことになります。子の軽蔑に出会った父親のほうも、「自分が少しも尊敬されていないという気持」になり、一層高圧的な態度を息子にたいしてとるようになりました。軽蔑感は、父と子の衝突をこうして一段と増幅する作用をしたのです。

父と子は、すぐに、むきになって対立しました。父は高圧的に息子に応じ、息子は挑戦するように父に反抗しました。二人の衝突は、いつも対決の様相を呈しましたが、そのように展開する背景には、いくつかの原因が存在していました。性格的に、親子ともに変に正直で、同時に頑固でした。血筋でした。これが一つ。さらに、子の養育の事情があり、また世代の違いがありました。

子は二歳のとき、すでにふれましたように、若い両親の手元を離れて、祖父母の家で育てられました。子は、〈おばあちゃん子〉になりました。祖母の盲目的な愛情に増長して、実の母が泣いてこぼすほど、わがままになりましたし、また、意気地なしになりました。四歳のときには、これもすでにふれましたように、仕事の都合で、父親が数年間家を離れて遠隔地に単身で赴任しました。息子は幼年時代を父なしで過ごしました。また、〈家〉のなかでは、家長の風格に満ちた祖父が永年君臨していました。このことが父子のあいだを、普通の親子よりもずっと近い関係にしてしまいました。家長として君臨する祖父のもとで、父と子が同じ平面に立ち、二人が年の離れすぎた兄弟のようになってしまったのです。父は息子に余裕をもって対応することができず、すぐに対等に争ってしまうのです。子にとって父の存在感は稀薄でした。〈父〉はほとんど不在だったといってよいのです。

自己に執着して、むきになって激しく争った二人には、しかし、決定的に違うところがありました。旧世代に属する父のほうは、自己の行為にほとんど疑いを抱くということがなかったのに反し、息子のほうは、すぐに迷い始めるのでした。父には、自分の代に築き上げた財産が何よりも大切なものでした。それは、自分の人生の意味であり、また、そこに自己肯定の基盤が存在しました。父の自信は、そこから発していましたし、〈家〉の存続とは、父にとって、何よりもまずこの資産の存続のことだったのです。

ところが、やがて二十代なかばに小説家の道を志すことになる息子にとって、財産は最高の価値をもつものではありませんでした。その財産によって世間的な幸福をえたいという欲望は消えませんでしたが、ほかにもっと大切なものがありました。また、息子には、人間関係に人一倍臆病なところがありました。他人との気まずい関係を極度に恐れたのです。他人にたいするこの弱さは、父にたいしては、逆に、挑戦的で、強情極まりない態度をとらせることになりました。そうする以外に、父から自己を防衛する方法がなかったからです。一度、父に譲歩したら、譲歩は際限のないものになりそうでした。父の要求に際限がなかったからでした。

何事につけても、いらいらとして、むやみに父に突き掛かっていったのは、本当は、父に愛情を求めて得られない、その何かしら、やりきれない気分がさせたものでした。父の愛情を希求する子は、泣きながら、父に食って掛かりました。父は、不快感を露骨に顔に表わして、振り切るように息子の前から立ち去りました。子には自分の態度が、愛を求める気持の裏返しの表現だということを自覚できませんでしたし、父も、むやみに盾突いてくる、どこか気違いじみた青年を理解できなかったばかりではなく、息子の態度は自分の存在を脅かす不遜極まりない態度に見えたのです。

祖父は一九〇六（明三九）年一月に亡くなります。この年に、志賀直哉は学習院高等科を卒業して東京帝国大学英文科に進学しました。このとき、大学の制服のことで父と衝突します（この衝突が、『和解』のなかで、作品中の現在の時点から、ちょうど十一年前の事件としてまず登場します）。

「自分」は父の行きつけの銀座の高級洋服点で、無断で、大学の制服と外套をつくり、父と言い争いになります（妹たちが父にこの店で服を作ってもらったのを知っていましたから当然自分も作っていいものと考えたのでしょう）。口論が激化して、「自分」は危うく、父に腕力をふるいそうになります。そのとき、自分の両腕が何をしだすかわからないという気がして、「自分」は腕組をして、指が食い込むほど、ぎゅっと両腕を押さえて、ぶるぶる震えながら立っていました。父はそれに気がつきます。「自分」は、腕力を使わずに済んだけれども、使う以上のことをしたと感じます。声を上げて泣きくずれながら、後悔しても済まない、取り返しのつかないことをした、人の親でこんな残酷な経験をした人があっただろうかと思いました。二、三年前、もう五十を過ぎていた父が、祖父の叱責にたいして黙って下を向いているのを見たことがありました。それが「自分」の家の流儀でした。これからはどんなことがあっても、決して、彼奴のためには涙をこぼさない、と父がいったということを後になって耳にします。「自分」は、荒涼とした寂しさを感じました。

その翌年の一九〇七（明四〇）年には、志賀家嫡子である直哉が家の女中Cと結婚を約束するという事件が起きます。そのことが知れて、志賀家のなかに大きな波紋が生じ、父との対立はさらに深まりました。この出来事は志賀直哉が内村鑑三のもとを去るきっかけをなし、また、作家としての道を本格的に歩み出すきっかけともなった重要な事件ですが、この出来事についてふれるまえに、志賀直哉とキリスト教の関係についてまずのべておく必要があります。

志賀直哉がキリスト教から深刻な影響を受けたといえば、意外な感じがする人も多いかもしれません。これまで一般にはキリスト教からはほとんど影響を受けなかったとみなされてきたからです。もっとも、キリスト教の影響が軽視されてきたのは、「そのころ私は生ぬるいキリスト信徒だった」というような本人自身の言及にも原因があるのも確かです。こうして十八歳から二十五歳までという、感受性のもっとも鋭い青年時代の七年間におよぶ志賀直哉のキリスト教体験はたんなるエピソードとみなされてしまうのです。それは、志賀直哉がキリスト教をどのように受けとめたか、というよりもまえに、そもそもキリスト教をどのようなものとみなすか、という基本的な見解が曖昧であることから生じているように思われます。しかし、志賀直哉におけるキリスト教体験の深刻さを見逃すと、『和解』に描かれている父との〈和解〉の背後にひそむ事態が看過されることになるでしょうし、〈和解〉の内実を相対化して見る（＝日本的なありかたを相対化する）視点が欠落してしまうことにもなるように思われます。

ずっと後年になって――一九四一（昭一六）年に――書かれた『内村鑑三先生の想い出』（全七）という大変興味深い文章があります。そこでは、「生来の怠けもので、いかなる先生にもよき弟子になる資格のなかった私は、聖書の研究でもさっぱり勉強しなかったから、その当時でも先生のよき弟子だと自ら思ったことはなかった」と語られています。また、この「不肖の弟子」は、「先生にとって最大事である教えのことはあまり身につけず、自分は自分なりに小説作家の道」へすすんでいたとも語られています。「生来の怠けもの」という自己診断は、客観的な自己判定の言葉、あるいは、謙遜の辞でもあるでしょうが、同時に、ある種の矜持を込めて語られています。注意しなければならないのは、ここで志賀直哉が語っているのは、「聖書の研究」において（も）「さっぱり勉強しなかった」から、「先生のよき弟子だと自ら思ったことはなかった」ということ、つまり、教養を勉強しなかったといっているのであり、信仰がなかったということではないのです[1]。

『内村鑑三先生の想い出』の冒頭で、五十八歳になろうとする作家は人生を回顧しながら自分がもっとも深い影響を受けた三人の人物の名をあげています。恩師としての内村鑑三、つぎに友人として武者小路実篤、そして肉親の祖父志賀直道です。作家はつづけて「影響」という言葉について注釈をつけています。「影響」という言葉の意味は、たんなる仕事のうえでの影響というようなことではなく、もっと人格全体にかかわるような意味である。「もしその人との接触がなかったら、自分はもっと生涯で無駄な廻り道をしていたかもしれないということが考えられる。そういう」意味である、と。

内村鑑三はあるとき、「教育する」というのはその人にあるものを「ひき出す」（英語でeduce）ことであるとこの青年に教えました。この青年はずっと後年になって、「私が影響をうけた」というのは、つまり、自分にないものをこれらの人々からあたえられたということではなく、自分のなかにあるものが人間的な「共鳴によってはっきり自分のものになったという意味」であると語っているのです。

すでに明らかなように、「影響」という言葉の内容そのものが、すでに内村鑑三の教えの影響下にあるのです。またさきでふれるつもりですが、一九一二（明四五）年の日記の記述につぎのような箇所があります。「人間は――少なくとも自分は自分にあるものを生涯かかって掘り出せばいいのだ。自分にあるものをmineする。これである」。

ここに記されている「掘り出す」（mine）というのは、自分のなかにあるものを自分で「ひき出す」（educe）ことです。伝道の師内村鑑三はeduceし、教えをうけた（educed）弟子は、mineする道（「小説作家の道」）を歩むことになります。師のもとを去って四年後のことになりますが、弟子は、「自分はこの自身のeternityを仕事に任せる」と記しています。「仕事」とはもちろん「小説作家」の仕事、つまり作品を書くことです。もっと後年になってこの弟子は、作者から離れて作者の名前は忘れられてしまっても作品だけは後世に残る、そういう作品を自分は書きたいとも語っています。

ついでに、文学に志した動機についてもここでのべておきましょう。あるアンケートに答えた作家のつぎのような言葉があります。

自分が小説家になれると思わなかったためか、それになろうとも思わず、初めは海軍軍人、次は大実業家を志したが、文学を仕事にする気になったのは内村鑑三先生の所へ出入するようになってからのように思う。つまり軍人はもちろんだが、実業家すなわち大金持もつ

まらないものになったためかも知れぬ。（「私はこう思う」全八）

その時期については、別の文章に、「自分が文学をやる気になったのは明治三十七年頃ではないかと思う。はっきり決心したのはそれから二三年后かも知れない」と語られています（「書き初めた頃」全八）。「文学をやる気になった明治三十七年（一九〇四年）」は、はじめての作品『菜の花』が書かれた年です。そして、文学に生きようと「はっきり決心した、それから二三年后」というのは、一九〇八（明四一）年のことで、後述するように、この決心こそ内村鑑三のもとを去らしめることになったものでした。

文学に志した動機に注目してみましょう。もともと本が好きだった作家は、十二、三歳のころから小説を乱読していましたが、「自分が小説家になれる」とは思っていなかったのです。それで大実業家などを志していたのですが、「内村鑑三先生の所へ出入するようになってから」、それも「つまらないものになった」とさきほどの引用文は語っています。「大実業家」になるのを「つまらないもの」にしたのは、内村鑑三の教えです。自伝小説『大津順吉』（一九一二年）にはその事情がもっと明確に表現されています。「宗教を聞くまで……外国貿易で大金持ちになろうと考えていた」主人公の大津順吉は、内村鑑三の教えにしたがって、「「結局自分は伝道者になるような事になりそうだ」こういう聖《きよ》いようなさびしいような心持ちになった事もあった」と書かれています。

志賀直哉にとって文学に生きる動機づけのきっかけを与えたのは内村鑑三だったように思われます。内村鑑三の教えのなかの何かが、弟子を文学に生きようと決意させました。そして、その何かは同時に、師内村鑑三のもとを去らせることにもなりました。もう一度『内村鑑三先生の想い出』から引用します。

私はこの夏の講習会から七年余り先生に接して来た。不肖の弟子で、先生にとって最大事である教えのことは余り身につけず、自分は自分なりに小説作家の道へ進んで来たが、正しきものを憧れ、不正虚偽を憎む気持を先生によってひき出された事は実にありがたい事に感じている。また、二十前後の最も誘惑の多い時代を鵜呑みにしろ、教えによって大過なかったことはキリスト教のお蔭といっても差支えないだろう。

志賀直哉を文学にむかわせた〈何か〉は、引用文の後段にみられるキリスト教の禁欲の教えであるといっても間違いではないでしょう。この教えが、「二十前後」の青年の欲望を抑制し、やがて抑圧と化して、後述するように、内村鑑三に背かせたのですから。だが、それだけでは十分ではありません。ここではしかし、その〈何か〉とは、キリスト教の、いってみれば、構造そのものであると指摘するにとどめておきます。この構造については、あらためてのべることにします。

さて、足尾銅山鉱毒事件にかんして父と子のあいだに最初の激しい衝突が生じたことはすでにのべました。それは、一九〇一（明三四）年、志賀直哉の十八歳の夏、つまり、内村鑑三を知ってすぐのことでした。父親とのこの衝突はキリスト教とは無関係に、偶然に生じたのではありません。この教えが衝突の誘因として深く関与していることは容易に見てとることができます。

まず、さきほどの引用文にあるように、「不正虚偽を憎む気持」に青年志賀直哉が強く駆られたことは容易に想像できます。この「不正虚偽」を「憎む気持」は、もちろん、「正しきもの」を「憧れる気持」から発しています。この気持は、引用文に語られているように、内村鑑三によって「ひき出された」ものでしたから、すでにのべました、足尾銅山の経営者古河市兵衛と明治政府とを糾弾する演説会における内村鑑三の演説によって触発されたのは、キリスト教的正義感──たんなる、社会主義的正義感ではなく──だったと考えてよいのです。事実、志賀直哉は、さきほどの引用文に続けて、「その頃の社会主義にかぶれなかった事も先生のお蔭だった」と感謝していますし、片山、安部、木下などの人たちが「唯物主義」であるとして、「唯神主義」の内村とのあいだに明確な一線を画しています。

さらには、キリスト教の神が、唯一で、絶対の、超越神であるという事情があります。聖書に「神は愛である」（「ヨハネの手紙第一」、四‐八）と語られているように、キリスト教の神は愛の神です。しかし、その愛は絶対的で、超越的であり、人の愛をもって推し量ることは不可能です。内村鑑三はつぎのように語っています。

人は父母の愛をとなえますけれども、これわずかに他人の愛に比べて見て深いだけであります。父母の愛はけっして完全なる愛ではありません。これに多くの自分勝手のところがあるのは誰も知っております。彼らはある時は孝道を楯にとって自己の非理をその子に強います。彼らは子の心中の悲痛を知りません。彼らは理《ことわり》なくして怒ります。おのれの命に従わないとて不幸の名をこうむらして、罪なきその子を責めたてます。ゆえに骨肉の父母の愛より推《お》して、霊の父なる天の神の愛を量《はか》り知ることはできません。（『キリスト教問答』講談社学術文庫）

これは、一九〇四（明三七）年の『聖書之研究』三月号――内村鑑三によって一九〇〇年に創刊された雑誌――に掲載された「三位一体の教義」という文章からの引用です。志賀直哉青年はこの雑誌を購読していました。この文章も読んでいるでしょう。そして、大いに共感したはずです。神の愛にかんするもっとも初期の記述は、一九〇五年一月の日記に、「愛なる神」、「神の愛」などと記されているのを見いだすことができます。この年の十二月には、「余の専心なすべきこと、第一神につかうること、以下は順序によらず」という記述が見いだせます（「未定稿8」全九）。志賀直哉は真剣だったのです。内村鑑三のもとを去ることになる一九〇八年の前年の一九〇七（明四〇）年の七月、「手帳」に「愛なり、愛なり、神は愛なり」と記されている言葉が注目をひきます。志賀直哉のキリスト教信仰のなかには、当然のことですが、父なる神の愛を希求する思いが存在しているのです。

右の内村鑑三の文章の内容は、父母の愛にとどまる限り、神の愛を知ることはできない、ともいいかえることができます。イエスは「わたしよりも父や母を愛する者は、わたしにふさわしい者ではありません」（「マタイの福音書」、一〇-三七）と説いています。また、「わたしが来たのは地に平和をもたらすためだと思ってはなりません。わたしは、平和をもたらすために来たのではなく、剣をもたらすために来たのです。なぜなら、わたしは人をその父に……逆らわせるために来たからです」（同書、一〇-三四／三五）と説くイエスは、血縁の絆という宿命的な親子の愛情を切断して、自分に従うことを迫るのです。このことを、子の側からみれば、それは、血縁の父と、神なる父と、究極において、どちらをとるかという二者択一の選択を迫られるということです。このようにして、父なる神を信仰する志賀直哉青年の内部で家長としての血縁の父と神なる父との二者択一の対立が生じることになりました。

天皇を絶対的な主権者とする明治の体制がほぼ整った一八九一（明二四）年に「内村鑑三不敬事件」という事件が起きました。この年の一月九日、第一高等学校の始業式で「教育勅語」の奉読式が挙行されました。嘱託教員をしていた内村は、その式典で、他の全員が行なったように、勅語に奉拝（＝最敬礼）をせず、軽く頭を下げただけでした。それは内村の信仰にもとづく行為でした。内村鑑三のこの行為は一大事件に発展し、天皇の神格化をめざす明治政府と日本のキリスト教界の衝突を惹き起こすことになりました。「不敬事件」として顕在化したこの社会的事件の根底には、家長のなかの家長としての父なる天皇と、絶対的に超越するキリスト教の父なる神との原理的に矛盾対立する問題がひそんでいます。

このような社会的な事件にまで発展することはなくとも、この国に生まれた日本人のキリスト者は、家長と神という二つの父の二者択一を、日々の生活のなかでつねに迫られることになります。一九〇一（明三四）年の足尾銅山鉱毒事件をめぐる志賀家嫡子直哉と家長である父直温との衝突は、規模は違っていても、ちょうど十年まえに起きた師内村鑑三の事件と構造的に相似の事件であるということができるのです。

志賀直哉の実生活において、幼児期から青年時代にいたるまで一貫して、父親の存在感が稀薄で、〈父〉は、その愛を希求してやまない子にとってほとんど不在も同然だったことはすでにのべました。このような〈父の不在〉という前提があって、そのうえで生じた家長である父との衝突は、青年の心のなかで、キリスト教の父なる神への希求をいっそう強めただろうということは容易に想像できるでしょう。家長と神という二つの〈父〉の対立葛藤の可能性は足尾銅山鉱毒事件をきっかけにして現実化することになったのです。

志賀直哉の日記で現存するもののうちでもっとも古いのは一九〇四（明三七）年のものですが、この年の日記のなかにこのような二つの父が志賀直哉の内部で葛藤する様子を見いだすことができます。この年は日露戦争の開戦の年です。出征していった知人にも戦死者が多出していました。この年の秋に、幼いころから兄のように親しんでいた四歳年長の叔父の直方が出征することになりました。直哉はこの叔父をどうしても「九段坂〔靖国神社〕の神様にはしたくない」と思って、心を込めた送別の贈り物を考えます。その贈り物のことで父と激しい口論になりました。九月六日にはこう記されています。

この夜直方氏に贈るべきもの、事にて父怒り、……余り口惜しく一時間余りも泣きたりしがBibleを読みて漸く希望に復す。

翌朝戦地に発つ叔父への贈り物（それが何かはわかりませんが）には、ありたけの心が込められていたでしょう。その心を父に冷たく拒絶された子は、聖書のなかにみずからの心の落ち着くさきを見いだしているのです。

さらに、もう一例あげてみましょう。「手帳」のなかにつぎのような記載があります。

青年の信仰なきは、青年に造ったものなきにより造物主、即ち父の心を解するを得ず。

（一九〇七年暮）

この文章は、内村鑑三の言葉を書きつけたものか、自分の言葉なのかはっきりしませんが、聖書の「あなたの若い日に、あなたの創造者を覚えよ」（「伝道者の書」、一二−一）という文句が明らかに前提されていると思われます。

右に引用した文章から二ヵ月余りのちに書かれた、「自家の不和の原因」を分析した文章のなかにつぎのような注目すべき箇所を見いだすことができます。

一家の不和にはたしかに脈がある。それは父と余と血に於いてつゞいているという事である、……ここに解らない一種の情がある。（一九〇八〔明四一〕年二月一九日）

志賀直哉青年は、人から「父上に似てきた」といわれたとき、「父を父とも思わぬ」ほどのひどい不和の状態にあったのですが、「一種くすぐられるようないうにいわれぬ妙な嬉しさを感ずる」自分を顧みて、「血に於いてつゞいている」ということのなかに「脈がある」といっているのです。

二つの引用文をこのように並べてみると、創造主であるキリスト教の父なる神と、家長である血縁の父と、二つの父が当時の志賀直哉の内面に共存していたことがわかります。この二つの父の併存は、血縁の父の愛がえられないという心の間隙を父なる神の超越的な愛が占有するにいたったと解釈することもできるでしょう。

志賀直哉が出席していた内村鑑三の聖書講義の会は、毎週日曜日に新宿の角筈《つのはず》（のちに、柏木）で開かれていましたが、この時期の現存する日記を読むと、志賀直哉がほぼ定期的に内村鑑三のもとに通い続けたことがわかります。また、全集の第一五巻に収録されている、「手帳1」から「手帳12」には、キリスト教および内村鑑三にかんする多種多様なメモが書き込まれています。これらのメモは簡単にしか記されていない日記の記載からは窺い知れない細部を示していて興味深いものです。日記、いくつかの作品、それにこの「手帳」をてがかりに、もう一度キリスト教および内村鑑三との関係を見なおしてみることにしましょう。

一九〇一（明三四）年夏から内村鑑三の聖書講義の会に通いはじめた志賀直哉は、一九〇八（明四一）年夏、内村のもとを去りました。内村鑑三の影響下にあった七年間は、志賀直哉の青年期の十八歳から二十五歳までの期間を覆っています。ある時期には、すでにのべましたように、「結局自分は伝道者になるような事になりそうだ」とキリスト教の伝道に従事する未来の自分の姿を思い浮かべて、「聖いようなさびしいような心持になった事もあった」（『大津順吉』）のでした。しかし、引用部分の言い回しの消極性にみられるように、その際に、伝道者になりたいという明確な意志が存在していたわけではありませんでした。伝道者になることにも、他の何かになることにも、みずからの積極的な意欲が見いだせずにいたのです。

自伝的作品『大津順吉』によれば、大津順吉青年は十七歳の夏に信徒になりましたが、「なんじら淫らを避けよ」というパウロの言葉を、「妻にする決心のつかない女を決して恋するな」と自己流に解釈し、モットーとしていました。このモットーは、青年を「ますます女に縁のない生活に導いた」のです。しかし、二十歳を過ぎたころから青年は「女に対する要求」がだんだん強くなり、それとともに、なんとなく「偏屈」になっていきました。その偏屈さは自分でもいとわしく、「もっと自由な人間」なりたいという欲求を感じるようになりました。

「我の強い、いい意味で一本調子な角筈のU先生」は、「浅黒い、すべて造作の大きい、なんとなく恐ろしいようで親しみやすい顔」をしており、青年はその顔が好きでした。「高い鼻柱から両方へ思い切ってぐッと彫り込んだような目」のU先生を、青年は日本一いい顔をした人だと思っていました。

この内村先生の教えを青年はそのままに信じて、自分自身をその教えに「嵌込《はめこ》んで行こう」と努力したのです。そして、先生の「姦淫罪の律」の教えに接すると、青年は自分の肉体を激しくのろうようになりました。自分の「肉体にわく力」が青年を絶えず苦しめます。自分を教えに「嵌込んで行こう」と努力しても、「性欲の事ばかりはどうにも自由にならな」かったのです。自分の肉体を激しくのろった青年は、部屋にかけてある小さな翼で空を飛んでいるかわいらしい子供の天使の絵を眺めながら、その姿に来世の理想を見いだすのでした。そして、復活のときには、「首から上だけで復活してくれないと困る……そうでないと天国もこの世も結局同じ事になってしまう」と思うのでした。

大津順吉青年（＝志賀直哉）は、このように、復活と永遠の生を信じていました。ということは、大津順吉青年（＝志賀直哉）の〈わたし〉は、超越者たる父なる神の絶対的な愛に支えられて絶対的に自立した〈わたし〉でありえたということを意味します。しかし、そのような〈わたし〉と性欲とが対立し葛藤の状態にあるのがすでにここに見られます（やがて、このような〈わたし〉のありかたが挫折するにいたり、傲慢の罪で罰せられたとうけとめられることになります）。あらかじめのべておけば、青年の信仰の障害となった性欲は、結局、信仰そのものの躓《つまず》きの石となりました。性欲は自分の自由にならないもの「だから仕方がない」と、性欲に「積極的に思い切った解釈を加える」方向に転換するのです。

自分の性欲と先生の教えとの相克は、「うつつ攻めの拷問」（『濁った頭』）の状態を青年の内部につくりだしました。そして、そういう状態のただなかで苦悶していた青年にたいして、あるとき内村先生は、姦淫は殺人と同じくらい大きい罪であるという話をしたのです。この話は青年の心に「恐ろしく不愉快」に響きました。敬愛する先生から、お前は人殺しの罪人も同然だ、といわれたからです。青年は先生の話に反撥して、姦淫であるかどうかを決めるのがたんなる結婚という形式だけであってよいものだろうかという内容をテーマにして『きさ子と真三』という小説を書きます。一九〇六（明三九）年夏のことです。「手帳2」には、「自分はこの問題の解決を得るまでは姦淫を罪とし責めざるべし」と記されています。先生に反発して小説を書いていたのは、この一九〇六年の八月初めのことでしたが、すでにふれました、大学の制服のことで父親と喧嘩をして、危うく父に暴力をふるいそうになった事件も、同じく八月初めのことであり、時期がかさなっています。つまり、この時期、青年志賀直哉は内村鑑三（の背後に見ていた父なる神）に反発し、家長の血縁の父とも激しく衝突していたことになります。

それから、ちょうど一年後の一九〇七（明四〇）年八月、志賀直哉は十七歳の家の女中Cを愛するようになり、結婚を約束するという事件が起きました。嫡子直哉のこの行動は、志賀家内部に大騒動を惹き起こしました。その経緯は、『大津順吉』のなかで、主人公順吉と父母、祖母との葛藤として詳細に描かれていますし、「手帳」には、作者の当時の思いが直接生の姿で書きとめられています。

父はCを捨てるか、家を出るか二者択一を迫りました。どうしてもCに暇をとらせようとする七十一歳の祖母と孫は激論し、孫は祖母を捨てるといいました。五日後、祖母が倒れ、孫は、祖母が死ぬのではないかと思って泣いて苦しみました。一ヵ月後、祖母は回復しましたが、こんどは、結婚を思いとどまるよう手を合わせて懇願し、無理に強行すれば覚悟があるといいました。おどしにすぎないと思いつつも、孫は、結婚をすぐに強行すれば祖母の死期を早めるだろうと危惧しました。そして、Cにたいする自分の愛についての迷い（その「迷いはCの心から出てくるものである。……Cの愛がまだまだ足らぬ」ことから生じるのだと本人は思い込んでいましたが）。結婚を約束するという自分のとった行動にたいする逡巡の気持。このような錯綜する経緯の結果、Cは親元に帰され、息子は父に「二三年あるいは三四年考える」時間をくれるよう懇願しました。結婚は実現せず、事件は十月に落着します。

志賀直哉はこのとき「初めて女の体を知った」のです。八月二十五日の日記には、「この日余はCと夫婦になる」と記されています。九月二十三日、志賀直哉はこの問題を相談するために内村鑑三のところへ行きました。日記には、「先生は余の肉交を罪という、余承知出来ず」という簡単な記入があるだけです。『内村鑑三先生の想い出』に、そのとき交わされた師弟の会話の場面が美しく描かれています。青年のひたむきに猪突猛進する論法をまえにして、説得の言葉を失った先生は、「『困ったなあ』と大きい歯を露わし、笑いながら嘆息」しているのです。弟子は「七年間にこの時ほど先生を親しく身近かに感じた事はなかった」と書いています。先生は、しんみりとした調子になって、自分にもそういう経験はある、そのときは死を思ったことさえあるといいました。結局、「尚よく考えます、考えがきまるまでは参りません」といって志賀直哉は帰ってきました。

内村鑑三にかんする日記の記載は、この九月二十三日から十一月十七日まで、二ヵ月近く途絶えています。その間の十月二十九日に、つぎのような記載を「手帳10」のなかに見いだすことができます。

神は無数に多面である、神の面は人類の数と等しからざるべからず、否等しかるを得るなり。人あって、その師と全く同じ神を見るならば、そは師の身体をとうして見たる神にして、自身直接に見たる神にはあらざるべし。

『大津順吉』のなかに、信仰のことは尊敬する「U先生に預かっていてもらうような気持」でいた、「生ぬるいキリスト信徒だった」主人公順吉に、「人間が同じ弱い人間に倚って信仰を保っているくらい危険な事はない」といつも説いていた人こそ、「角筈のU先生」だった、と書かれています。弟子順吉（＝志賀直哉）は師の教えを受けとめ、師から自立しようとしていました。翌年、一九〇八（明四一）年の夏、志賀直哉は内村鑑三に別れを告げました。

私は先生の所へ行き、はっきりお断わりして、それきり行かなくなった。気不味《きまず》い気分は少しもなかった。私の先生に対する尊敬の念に変りはなかったが、私には私なりに小さいながら一人歩きの道が開きかけていた時で、先生の所を去る気になったのだが、先生は又来たくなった時は来てもいい、と云われたと記憶する。（『内村鑑三先生の想い出』）

志賀直哉が四名の友人と、のちに『白樺』と改名されることになる回覧雑誌を始めたのは、この一九〇八（明四一）年の七月二十五日のことであり、八月にはこの雑誌に『小説 網走まで』を書いています。右の引用文中の「一人歩きの道」というのは、もちろん、そのことを指しており、「小説作家への道」に光明が見えはじめていました。

すでにのべましたように、「小説作家への道」というのは、志賀直哉にとっては、「生涯かかって自分にあるものを掘り出す（mine する）」歩みのことを意味していました。自分の「肉体にわく力」つまり性欲は、人間の本源的な自然の欲望であり、食欲となんら変りはないと青年志賀直哉は考えます。さしあたって、その力を「掘り出す」歩みこそが自分の進むべき道に見えたのです。この転向を決定づけたのが、C事件において「初めて女の体を知った」ということでした。翌年の一九〇九（明四二）年六月に書かれた小説構想のメモに、「彼にこの女（＝女中C）との関係が出来たからこそ、性欲の問題を考えさせたのだ、さもなければ彼は他と共に呑気な従来の考えを守っていたろう」と記されています（「手帳12」）。

そのあたりの事情をもう少し詳しく見ておくことにしましょう。一九〇七（明四〇）年八月二十五日の日記に「この日余はCと夫婦になる」と簡単に記されていることはすでにのべましたが、この同じ日に、手帳にはつぎのようなメモの記載があります。

余は今夜彼とcoupleになった。余は今日より真に真面目にならねばならぬ、この後不真面目であるならば余は大罪人である、地獄に行くべき大罪人である、Cは如何なる事情があっても余の妻である。（「手帳9」）

二人の交わりは、口実をもうけてCが志賀家から連れ出される二十九日までくり返されます。

翌二十六日のメモはつぎのようです。

二人の交わりは漸く肉欲的になりつ、ある、肉欲程恐ろしいものはない、肉欲程一時的なもの〔は〕ない、而して二人の交わりはその恐ろしき一時的なる肉欲に近かづきつ、ある。（同右）

Cを知ったとき、信徒である青年志賀直哉の誓いと、肉への恐れは右のようでした。一年後（一九〇八年）に、棄教者（＝「小説作家」）志賀直哉は、つぎのように記します。

数度女の肉体を味わった経験のある男にとって、女の肉体は、米の飯のような常食になるのではあるまいか、酒好きの酒、煙草好きの煙草より遥かに強い力を以って、男の心を動かすものに相違ない。（「手帳11」）

ところで、信仰から棄教へというこの転向を容易にしたもの、それは何だったのでしょうか？　「手帳11」に記載されている十二月十日付けの小説の構想のためのメモ、すなわち、「彼のした行為は、罪であると牧師がいう、彼はそれを聴いて、成程たしかに罪であると思う、そう思いながらも、どうしても悔いる気が起こらぬ」という事実がそれでした。この事実は姦淫罪という戒律に何年ものあいだ苦しめられていた青年にとって、姦淫罪の背後に、いわば、隠蔽されていたものでした。それよりも二ヵ月近くまえのことですが、「十月十五日、朝見た夢より」と記して、同じ「手帳11」に、ある小説の着想が書かれています。夢から得たこの着想を構想として書き直したのが、全集第一巻に収められている、十月十八日付けの「二三日前に想いついた小説の筋」と題された草稿です。この構想は、やがて『濁った頭』という作品として完成をみますが、さきほどの「……悔いる気が起こらぬ」という事実は、この時期に着想された『濁った頭』という作品を構成する主要なモチーフの一つとなりました。この『濁った頭』については、つぎの章で検討することにします。

注

（1）ドイツの哲学者ヘーゲルは信仰についてつぎのように語っています。「私が、ある人間について、彼には宗教がある、と言うとき、それは、その人間が宗教に関する広い知識の持ち主であることを意味するのではなく、次のようなことを意味しているのである。すなわち、その人間の心は神の業、神の奇跡、神が近くに住むのを感じている。その人間の心は、おのが本性のなかに、その人間の運命のなかに、神を認識し、神をみている。その人間は、神を前にしてひれ伏し、神に感謝し、神の業をたたえる。――その人間は、行為する際、ただ単に、善であるか、賢明であるか、どうかを気にかけるだけでなく、彼にとっては、神の思召しにかなうようにという考えも、その行為の動機――しばしば最も強い動機――なのである」と（ヘルマン・ノール編『ヘーゲル初期神学論集』久野昭・水野建雄訳、以文社、一三頁）。

ヘーゲルは、信仰とは知識の事柄ではなく心の事柄である、と語っているわけですが、志賀直哉の信仰もそのとおりだったのです。一般にキリスト教と深いかかわりをもつとみなされている芥川龍之介や太宰治はキリスト教についての広い知識はあったのですが、キリスト教の神を信じることができませんでした。その点で志賀直哉とは違っています。

第三章　神経衰弱――『濁った頭』をめぐって

わたしたちは、一九〇八（明四一）年の夏、志賀直哉が内村鑑三に別れを告げ、秋にはすでに『濁った頭』の最初の着想が浮かんでいたというところまで考察を進めてきました。この作品の執筆にとりかかるのは、一九一〇年九月のことですが、その前年（内村鑑三に別れを告げた年の翌年）の出来事についてぜひともふれておく必要があります。一九〇九年九月、志賀直哉は突然、遊郭通いの放蕩をはじめたのです。

それよりも三ヵ月前の六月に記された、小説の構想のメモには、「性欲は生活々動の Source だ……強い〳〵性欲を持ち、それを尊敬すべきである、これを呪う宗教。力の弱い性欲を持ち、これを尊敬しないものは危険なり」という言葉が見いだせます（「手帳12」）。『濁った頭』の最終稿を執筆中に記された「ミダラでない強い性欲を持ちたい」（『日記』一九一一年一月十六日）という有名なことばがありますが、このときすでに生まれていたのです。翌七月には、この同じ「手帳12」のなかに、注目すべきことばが記されています。「遊郭へ行く動機の一つ」をのべたもので、「不自〔由〕をしながら自由な考えを持っているという人は、感情的にまた不自由である」というものです。感情的に自由であろうとするならば、（一般的にいえば）生活において、自由になるか、さもなければ、「自由な考え」のほうを捨てなければならないというのです。すぐ隣のメモにはこう書かれています。

彼はどうしても今までの自分ではこの問題に解決をつける事が出来なかった。そこで自分をかえた。世間でいう堕落をした。……そうしたらどう〔に〕か解決が出来た。

二つのメモの主題は「女」なのです。これは小説の構想でしょうが、そのなかで「彼」は、自由になるために、つまり「感情的に不自由」な状態（＝「この問題」）を解決するために遊郭に行きます。そのようにして、「どう〔に〕か」解決することができたというのです。作品中の人物（ここではまだ構想の段階ですが）の行為として客観的に検討してみたことを作家自身が実際にあとから実行するということは志賀直哉の場合にもときどき見られる現象です。

さて、『濁った頭』（全一）という作品そのものについての話をはじめることにしましょう。この作品は、作者の遊郭通いがはじまってからちょうど一年後の一九一〇（明四三）年に書かれていますが、すぐには発表されませんでした。一九一一年一月になって最終稿の書き直しがはじまり、発表されたのは、この年の四月一日に発行された『白樺』誌上です。書き直し中のことですが、二月一日の日記に、「「性欲の力」ということを絶えず忘れないようにして書かねばならぬ」と記されています。このように、「性欲の力」はこの作品において重要な地位をしめています。端的に、この力が作品のテーマであるといってもいいくらいです。

また、三月二十三日――このときには、すでに書き直しを終えて印刷所に原稿を渡したあとでしたが――の日記には、「内村先生は十何年間というもの足ぶみをしているのではないだろうか」という記述がみられます。この記述は作品と無関係ではありません。『濁った頭』の終り近くに、主人公の「私」が錯乱状態で傷だらけの足を引きずるようにして山中を逃亡しているとき、「私」のまえに「土村先生」がたたずんでいるという場面が出てきます。「濃い眉の下に深く落ち窪んだ、力のある眼で黙って私を見下ろしておられる」という「土村先生」のイメージは、偉大ではあるが、どこか銅像のように硬直した姿として描かれています。

同じ三月二十三日の日記には、「行きづまって足ぶみをしている」内村先生のような道に踏み入らないためには、「自由になるという事」がもっとも必要である、と語られています。さきほど、最終稿を執筆中に記された「ミダラでない強い性欲を持ちたい」(この年の一月十六日の日記)ということばを紹介しました。このことばと関連させていえば、「自由になる」というのは、自分の内部から湧いてくる、この場合は性欲という、本源的な自然の力を宗教的倫理を盾にして回避するのではなく、直截にこの力につき従い、それを「掘り出す」ことを意味します。性欲そのものは人間にとって本源的な自然である、だから、「ミダラ」であってはならない、というのです。ここに、――この場合は性欲にかんしてですが、性欲だけに限らず――志賀直哉の選択した生に対する基本的な倫理的姿勢を見いだすことができます。

そのような〈自由の道〉のまえに立ちはだかるものこそ、当時の志賀直哉にとって、キリスト教倫理でした。こうして『濁った頭』はこの倫理への挑戦の様相を呈することになります。この作品は、さしあたり、このような意味で、(反キリスト教的という意味で)キリスト教的であるということができるでしょう。

『濁った頭』の主人公は、十七歳のときから七年間、従順な、しかし、生ぬるいキリスト教の信徒だった青年です。この青年は、「教会で教えられる事をそのままに信じて、何でもかでも自分自身を、それへ嵌込んで行こうと努力したのです」が、「性欲の事ばかりはどうにも自由になりませんでした」。健全な肉体を持つこの青年にとって、キリスト教の教えにしたがって性欲を否定しなければならないというのは、「うつつ攻めの拷問にあっているようなもので」、行き着くところはどうしても「独りでする恥ずかしい」行為でした。

あるとき、牧師が、姦淫が罪であるということを強く主張したのはキリスト教だけであり、「姦淫罪は殺人罪と同程度に重いものだ」という話をしました。その話を聴いて、青年は、牧師を恨めしく思いましたし、反発を感じます。この青年は、「お前は人殺しの罪人だ」といわれたと受けとめたからです。そこで、青年は、キリスト教に対する、当時としては、「出来るかぎりの反抗」を企てます。「性欲を満足させる同じような行で、姦淫になる場合と、ならぬ場合と、そこにはどれ程の堺があるのだ？　詮ずれば結婚という形式以外、何にもありはしないではないか」という考えのもとに『関子と真造』という小説を書いたのです（これは、すでにのべました『さき子と真三』という小説のことです。ここまではほとんど自伝的な事実で、これからさきがフィクションを交えて書かれています）。

この青年の家――この家には「千坪余りの庭」があると書かれていますから、志賀直哉の実家と同じく広大な屋敷です――に、母方の親類で青年より四歳年上のお夏という女性が手伝いにきていました。お夏は嫁ぎ先で夫が死んだので、離縁されて実家に帰っていたのです。ある夜のこと、青年が書いた小説を二人きりで読んでいるうちに、お夏に誘われて二人は性的な関係を結びます。

その夜独りになってからの私の心持は今思っても実に変なものでした。大罪を犯したという苛責の苦しみもありましたが、実はそれ以上に神秘を識ったという喜悦を感じていたのでした。然し其時分の私として、そんな事は到底《とうてい》意識的に考えられる事ではなかったのです。只々大変な罪を犯した、という後悔の念がその時の全心理を支配しているもののように感じていたのです。

愛の感情もなく結ばれた女、お夏との関係は深まっていきました。家族の目を盗んで続けられる二人の関係のなかで、青年の感情はしだいに澱んでいき、青年は、苛々した、なげやりな毎日を過ごしています。そのうちに、何年ものあいだ姦淫罪という掟の重圧に苦しんできた青年は、「愛情もなしに続けている姦淫に、殆ど何の宗教的煩悶も感じない」自分を発見します。

あれ程長くつきまとっていた教えというものが、余りにもたわいなかったのは今から思っても不思議に堪えません。

然し尚不思議な事は、それ程宗教とは離れて仕舞いながら、しかも益々私が絶望的になって行く事です。

姦淫を続けても、ほとんど何の「宗教的煩悶」も感じなかったとき、青年はキリスト教の教えが不思議なほど「たわいない」ものであったと思い、自分はこの教えから離れることができたと考えました。しかし、キリスト教のほうが青年を離さなかったのです。「宗教とは離れて仕舞った」と思っている青年は、ますます「絶望的になって行った」のです。作品の別の箇所では、作者はさりげなく「本統に絶望的な絶望」という表現も使用していますが、この「絶望」はいったい何なのでしょうか。

「絶望」といえば、デンマークの思想家キェルケゴールの『死に至る病』という有名な著作があります。書名になっている「死に至る病」、それが絶望なのです。絶望は死に至ります。

キリスト教において根源的な意味で罪というのは、死のことにほかなりません（「創世記」、二章一七）。ですから、キェルケゴールはいっているのです。「絶望は罪である」と。

『濁った頭』の主人公の青年をとらえたこの「絶望」は、作品の終局の場面でこの青年を殺すことになります。またさきになってのべますが、作品の終り、クルクル回る渓流の小さな水車から眼を離せなくなって、泥酔した人のように眼を据えて見つめていた青年は、急速に巨大化していく水車の回転に巻き込まれ、錯乱状態に陥って昏倒し癲狂院（精神病院）に収容されます。主人公の精神はこのようにして崩壊するのです。精神の崩壊、それは生きている人間が体験する唯一の死です（そのことはすでに第一章でのべました）。主人公の精神的な死とともに終わる『濁った頭』という作品は、こうしてみると、〈罪の書〉ないしは〈絶望の書〉であるということができるでしょう。

宗教としてのキリスト教がかかわりをもつのは、主人公の青年が予想したような「宗教的煩悶を感じる」かどうかということではなく、予想もしなかった、「絶望的になる」という事態のほうにあります（念のためにいえば、そのように主人公を描写している作者はもちろんこのことを自覚しています）。この点に、『濁った頭』がキリスト教的な作品であるという本当の理由が存在するのです。この章のはじめに、性欲がこの作品のテーマであるといってもよい、とのべました。性欲（＝肉）は絶望（＝死）に至る、これが作品『濁った頭』全体のテーマなのです。

ここで、主人公の青年が絶望的にならざるをえなかった原因について簡単にのべておきましょう。それは主人公の青年の〈わたし〉が、キリスト教の父なる神の信仰を棄てることによって神の支えを失った状態で、性欲という本能的な暗い衝動の領域に突入したからです。支えを失った〈わたし〉は性欲に翻弄されて絶望のなかにつき落とされることになります。

作家志賀直哉は、『濁った頭』という作品において、たんなる性欲が行きつく先を、思考実験として作品のなかで追求してみたのです。「自由になる事」をめざす作家の歩みは、踏み間違えば、蹉跌《さてつ》に通じているのです。それは絶望的な奈落へ陥る危険な歩みでもあることが明らかになりました。内村鑑三のもとを去っても、七年間受けたキリスト教の影響から抜け出すのは容易ではありませんでした。

話が先走りして作品の終局の場面にまで行ってしまいました。作品の筋に戻ることにしましょう。

そのうちに、家の者も二人の関係に気づいた様子です。あるとき、ほとんどやってきたこともない母が部屋に入ってきました。母は父の意を受けて、本題にはふれずに二人を引き離して事件を片づけてしまおうという様子です。青年は母の話をさえぎって逃げるように部屋を出ていきます。自暴自棄になった青年はその翌朝未明、女と一緒に家を飛び出すことになります。

駆け落ちをする前日のことです。母のもとから逃れるように部屋を出た青年は、会いたいと思ったわけではありませんが、なんとなく足のむくままに中学時代の友人で現在は同じ教会の信徒である男を訪ねます。心配顔の友人に最近まるきり教会に顔を出さない言い訳をしての帰り道、ある考えが青年の頭にしきりに浮かんできます。それは、「お夏が病気ででも、怪我ででもいいから不意に死んでくれないかしら」という考えでした。

> 一方には、人の死を願うと云う、殺そうと考えるよりも恐ろしい心を我ながら可怖《こわ》く感じて、そんな事を願う位なら、お夏に対してどんな無情な事を仕ようと幾らましだか知れないと思いながら、やはり死んでくれるといいなという考は頭を離れませんでした（傍点は原著者）

「人の死を願うと云う、殺そうと考えるよりも恐ろしい心」という倫理的モチーフは、少年のころ読んだ泉鏡花の『化銀杏』に由来するもので（『書き初めた頃』全八）、他の作品にも登場します。このモチーフをめぐって述懐されている引用文は、人間の複雑な内面を表現することばに満ちています。「殺そうと考える」というときの知性的な思考の働き。「思う」という、この場合は、情緒的な心の働き。「願う」という、ひそかな願望。どこからか浮かびでてくる「考」（＝思い）。また、心の存立そのものを支える「感じる」働き。そして、これらのものが働く場としての主情的実体である「心」、知性的実体である「頭」。

青年の心はさらに放縦な空想の翼をひろげます。夢にも思わなかったのにお夏が突然病死する。自分は心からその死を悲しむ。こうしてお夏との関係はすっかり過去のものとなり、あたかも詩か小説のなかの出来事ででもあったかのように記憶に残る。

然しこの横着な空想を憎む心、暗い二人の未来に対する恐れの情などもこんぐらかって、私の胸は益々重くなって行きます。

「もう考えるという事がいけない」と私は独り首を振っていったのです。考えてすれば、そこに責任が生ずるようで、今は考えるという事が何となく恐ろしくなって来たのです。

さきほどの引用文とこの引用文にみられるように、青年の心の葛藤は、死んでくれないかしらという思い（考え）と、それを良くないことであると考える行為とのあいだに生じています。死んでくれないかしらという思い（考え）は、それを阻止しようとする青年の思考をすりぬけて執拗に心のなかに浮上してきます。女の死を願う自分の心を恐ろしく感じながら、それでも死んでくれないかしらという思いはふり払おうとしても念頭から去らないのです。それどころかこの心は自分だけは完全に無傷のまま女との抜きさしならぬ関係が解消する、じつに都合のよい光景さえ空想するのです。このような空想を憎む心の存在。二人が行きつくであろう暗い未来の予想が生みだす恐怖感。これらのものが絡まって青年の心は混乱し、ますます重苦しくなっていきます。

心の重苦しさは青年の考える行為によって生じています。考えるという行為が存在するから、混乱が混乱として成立し――考えるという行為がなければ、混乱しないでしょう――、重苦しさが心を満たすのです。また、何かを考える（あるいは、考えてする）行為は、考える〈わたし〉（ないしは、行為する〈わたし〉）を成立させます。〈わたし〉が成立すれば、当然その〈わたし〉には責任が生じます。責任とは本来重いものです。考える行為はこのように、そこに成立する〈わたし〉に責任という重圧を課してくるのです。重い心をかかえて苦しむ青年には、考える（あるいは、考えてする）行為が生みだすこのような重圧感が恐ろしく思えるのです。重圧感から脱出するために青年は考える行為を停止し、そこから逃れようとします。

青年は、翌朝未明、女と一緒に家を飛び出すという行動に突入しますが、そのような行動へ誘ったものは、自暴自棄的なもののはずみでしたが、このはずみを増幅する役割を果たしたのが、考えるということから逃避しようとする衝動だったのです。その後二人は、「お夏が婚家を去る時貰った二千円ばかりの金」――いまのお金で二千万円ほどになるでしょうか――を銀行から引き出して、海水浴場や温泉場を転々と泊まり歩くだけの無為の生活を送ることになります。青年は考えることをやめることができたでしょうか。もちろんできませんでした。やめることができたのは、行動に突入する瞬間だけでした。

宿泊の場所を転々と変えて無為の毎日を過ごしているうちに二人の関係はますます荒《すさ》んでい

きます。青年の頭は常に重く、心は苛立ち、「冬の弱い日光にすら眼をはっきりとは開けて居られないような心持」がしています。青年の頭脳と心は、しだいに荒廃し、透明さを失っていきました。

ある夜――お夏はちょうど町に買物に出ていました――、独り寝床にうつぶせになって本を読んでいた青年は、着替えをしようと考えて起き上がりました。そして、どうしたはずみか、手をのばしてパチッと電灯のスイッチをひねったのです。暗くなって青年は、あっと声を出しました。暗闇のなかに坐ったまましばらくのあいだ青年は呆然としていました。シャツを脱ごうと考えて起き上がったのに、どうして電灯を消してしまったのだろう？

たしかに自分の考えていたのはシャツを脱ごうという事だけで、……シャツを脱ぐという行為とは時間的に一直線上で後に続く考の他は何にも思ったことはなかったのです。それがどうして、何の連絡もない、燈《あかり》を消すという行為に変わったのだろう？

このようなことは日常よく経験されるもので、わたしたちはとくに深く気にとめることはないかもしれません。しかし、この青年は異様な衝撃を受け動揺します。青年は日頃から自分の思考と行為との背馳《はいち》に脅えていたからです。青年は、いよいよ自分の「頭が狂ってきた」のだと思います。青年は胸のなかに「重い鉛の塊を投げ込まれた」ような心地になります。暗闇のなかに坐っていると「不安は段々拡がって行きます」。青年を襲ったこの「不安」は何に由来するのでしょうか。青年は思考と行為との背馳が激化した彼方に自己の「人格の分裂」を予感しているのです。「不安」はこの予感からきていました。予感していたことが、いよいよ現実のものになりそうだ、青年はそう感じたのです。

青年は考えることから逃れようとしています。しかし、生きている限り考えることをやめることはできないでしょう。「人間は考える葦である」とパスカルはいっています。考えることをやめるというのは、人間であることをやめて、たんなる葦になるということです。人間が人間である限り考えることをやめることはできません。考えることは、やめるのではなく、やむのです。考えることがやんだとき、そこにはもはや人間は存在しません。私たちは『濁った頭』の結末をすでに知っています。考えることがやんで、精神が混迷の闇のなかに沈んだとき、主人公の青年は「瘋狂院」に収容されるのです。

ところで、『濁った頭』という作品のこのような結末は、太宰治の『人間失格』を思い出させるということにもふれておきましょう。作品の終わり近くで主人公の大庭葉蔵も「脳病院」に収容されます。太宰はかつて『もの思ふ葦』という、パスカルの言葉を表題にした随筆を書いたこともありました。「もの思ふ」ことがやんだ、ただの葦、それが、「脳病院」を退院後の廃人同様の大庭葉蔵の姿です。葦も同然の葉蔵にとって、すべては風のようにただ通りすぎていくだけです。その箇所を引用してみます。

いまは自分には、幸福も不幸もありません。

ただ、一さいは過ぎていきます。

自分がいままで阿鼻叫喚で生きて来た所謂「人間」の世界に於いて、たった一つ、真理、らしく思われたのは、それだけでした。

ただ、一さいは過ぎて行きます。（傍点は原著者）

『濁った頭』の主人公の青年が予感した「人格の分裂」の奥に見えていたのは、大庭葉蔵のこのような廃人の世界だったかもしれません。暗い狂おしい光景が一瞬、この青年の重苦しい胸の奥をよぎったのです（太宰と青年志賀直哉とのあいだにはこのような親近性があります。志賀直哉はこの世界をつき抜けて生きのび、太宰はこの世界のなかに突入して自殺しました。自殺前の太宰が志賀直哉に敵意をむきだしにして浴びせた罵詈雑言はこのような親近性を前提にしたうえで理解すべきでしょう）。

さて、青年が〈シャツを脱ごうと考える〉という思考と、〈灯りを消す〉という行為との背馳に、不安を感じ、人格の分裂を予感した背景についてもう少し考えてみたいと思います。そこには、自分の思考の基盤そのものの安定が失われて動揺しているという事態が存在するのです。青年が思考から逃走を企てようとするのは、この動揺そのものからの脱出を試みているということです。脱出に成功する見込みはあるのでしょうか。そもそもこの試みは矛盾する企てではなかったでしょうか。思考の動揺から脱出しようと試みれば試みるほど、動揺はますます激しさを増す運命にあったのではないでしょうか。思考の基盤そのものの安定が失われて動揺している事態、そこには、いったい、どのようなことが生じているのでしょうか。

「五月の事で未だ避暑客も来ない頃」の「ある入江になった穏かな海岸の宿屋」に滞在していたときの「私」の様子を描いた文章を引用してみます。

その時分の私の頭というものは実に変でした。ある時は溶けた鉛のように重く、苦しく、ドロ〳〵している事もありますし、ある時は乾いた海綿の様に、軽く、カサ〳〵して中に何にもない様に感じられる事もあるのです。乾いた海綿の様になった場合には自分自身の存在すら、あるか、ないか、分からなくなって頭には何の働きも起こさなくなるのです。もし死人に極《ご》く少しの意識が残る事があったらこんな心持が仕やしないかと思われる様な心持です。また前のような場合にはどうかすると色々な事が浮かんで来て覚めながら夢を見ている様です。後から〳〵妄想があたかも現実の出来事のようにはっきりとして頭の中を通って行きます。……私は……頭の中で演じられる、その色々な芝居を眼球《めだま》の内側で視《み》凝《つ》めているのが一つの楽しみになって来たのです。

作者の神経衰弱の経験をそのまま描写しているように思われる文章ですが、ここには、二つの事態――存在と思考との関係にかんするものと見ることにかんするもの――が語られています。まず、頭が、「乾いた海綿の様に、軽く、カサ〳〵して中に何にもない様に感じられる」場合です。その場合には、「自分自身の存在すら、あるか、ないか、分からなくなって頭には何の働きも起こさなくなる」と書かれています。「頭の働き」とは思考する働きを指すでしょう。つまり、そのようなとき、「私」（引用文のことばを用いましたが、わたしたちの文脈では〈わたし〉です。「私」をそう読み替えてください）は存在しているのか、していないのか、分からなくなり、「私」の思考は働きを停止した状態にあるというのです。その状態は、「もし死人に極く少しの意識が残る事があったらこんな心持が仕やしないかと思われる様な心持」であるといわれています。デカルトは「〈わたし〉は考える、ゆえに、〈わたし〉は存在する」と語っています。デカルトのこの命題に倣っていえば、この事態は、「〈わたし〉は存在しない、〈わたし〉は考えない」ということです。「私」の存在感は稀薄で、「私」の思考は消滅に瀕しています。「私」の存在はその根底のところで消滅に瀕しているのです。

つぎに、頭が、「溶けた鉛のように重く、苦しく、ドロ〳〵している」場合です。そのとき、頭のなかに「色々な事が浮かんで来る」のが、見える。どのように見えるか？　「覚めながら夢を見ている」ように、見える。「後から〳〵妄想が頭の中を通っていく」のが、見える。「あたかも現実の出来事のようにはっきり」と、見える。「私」は「頭の中で演じられる、その色々な芝居を眼球の内側で視凝めている」。このように語られています。一方に、頭のなかに生起する様々な出来事が〈わたし〉に見えるという事態が存在し、他方に、それらの出来事を見つめている〈わたし〉が存在します。そして、見えている出来事は、〈わたし〉の頭のなかの出来事でありながら、見つめている〈わたし〉に、「覚めながら夢を見ている」ように、あるいは、「あたかも現実の出来事のようにはっきり」と見えるのです。どうしてそのように見えるのでしょうか。

フランスの哲学者のメルロ＝ポンティが感覚の再帰性ということについて語っています。再帰性というのは、視覚についていえば、〈わたし〉が何かを見ているとき、〈わたし〉は、見る者であると同時に、見えるものであるということを意味します。すべてのものを見つめる〈わたし〉は、同時に自分をも見つめることができるのです。見る〈わたし〉が見える〈わたし〉である、つまり、見る〈わたし〉が見える〈わたし〉に再帰する（あるいは逆に、見える〈わたし〉が見る〈わたし〉に再帰する）ということによって、人間の自己は〈わたし〉という一個の統一的な自己を形成しているのです。彼はさらにつぎのようにのべています（引用文中の「私」という語は〈わたし〉と読み替えてください）。

見えるものが私を満たし、私を占有しうるのは、それを見ている私が無の底からそれを見るのではなく、見えるもののただなかから見ているからであり、見る者としての私もまた見えるものだからにほかならない。(メルロ＝ポンティ『見えるものと見えないもの』滝浦静雄・木田元訳、みすず書房、一五八頁)

『濁った頭』の主人公の青年の場合、このような〈わたし〉の再帰性が阻害されているのです。見る者としての〈わたし〉が、見えるものではなくなっており、見えるものを見る〈わたし〉は、見えるもののただなかから、ではなく、何もないところから(「無の底から」)、それを見ているのです。見えるものは、もはや〈わたし〉を満たすことも、〈わたし〉を占有することもありません。見えるものとしての〈わたし〉は、それを見ている〈わたし〉の外にあり、また、〈わたし〉以外の見えるものも、それを見ている〈わたし〉の外にあるのです。

青年には、いま、頭のなかに生起する様々な出来事が見えています。ところが、見えている出来事は青年の頭のなかに生起する出来事でありながら、睡眠中ではなく覚醒したまま見ている夢のように(「覚めながら夢を見ている」ように)、あるいは、「あたかも現実の出来事のように」見えています。それは、見る〈わたし〉が、それらの出来事のもとにではなく、その外にいるからです。見る〈わたし〉は、それらの出来事を〈わたし〉の外の出来事として見ています。だから、頭のなかの出来事が、青年にとっては、外の現実の出来事のように見えるのです。

妄想が妄想としてではなく、外界の現実の出来事のように見えるのは、妄想が本来、〈わたし〉の妄想でしかありえないのに、それを見つめる〈わたし〉はその妄想のもとにいないからです。〈わたし〉の妄想が、それを見つめる〈わたし〉にとって、外界の現実と同じように見えるというのは、〈わたし〉の妄想（ないしは、〈わたし〉に見える）の〈わたし〉と、見つめる〈わたし〉の〈わたし〉とが乖離してしまい、分裂しているということです。見つめる〈わたし〉には、〈わたし〉の妄想（ないしは、〈わたし〉に見える）の〈わたし〉が見えないのです。見つめる〈わたし〉にとって、妄想の所有主の〈わたし〉は消滅し無と化しています。見つめる〈わたし〉にとって、再帰すべき〈わたし〉、それを支える〈わたし〉が失われており、その底には無の深淵が開けています。妄想と現実との境界が失われて、あたかも現実の出来事のように「演じられる、その色々な芝居」を、〈わたし〉は、無の深淵のうえに、いわば、宙づりの状態で、見つめています。

ある静かな山の温泉場にやってきたとき旅館の庭で畳屋が仕事をしていました。湯からあがった「私」とお夏は庭下駄をはいて庭におり、宿の浴衣に懐手をして、畳屋の仕事をぼんやり見ていました。あたりに散らばっている長い鋭い針や錐が夕暮れの薄い光をうけて冷たく光っています。寒い、とひとりごとのようにいってお夏はさきに部屋にもどっていきました。

私は何を考えるともなく、畳屋がぶつり〳〵と刺す長い錐を見つめている内に妙に胴震《どうぶる》いがして来ました。柄《え》の所までぶつりと深く刺す。鋭い錐が気持よく台を貫《とお》す。それを見ていると何という事なしに息がはずんで来て、私はもう凝《じ》っとして居られなくなりました。

「胴震いがして来た」、「息がはずんで来た」、「凝っとして居られなくなった」と書かれています。畳屋の鋭い長い錐の動きから受けた印象はこのような身体的反応を惹き起こすほど強烈なものでした。その夜、青年はその錐でお夏の喉を突き刺して殺してしまったのです（この殺人は、実際には、青年の夢のなかの出来事です。つまり、青年はお夏を殺す夢をみたのです。しかし、夢と現実との区別がつかなくなっている青年はそれを現実に犯した行為だと思いこんでしまいます）。

自分が犯した（と思いこんでいる）殺人の動機について、青年は、「荒んだ無為の生活」から脱出して「鋭い光った長い錐が厚い台をぶつり〱と貫す――その感じ、そういう痛快な感じのする生活に入りたい」という気持に駆られたからではないか、と述懐します。そのような痛切な気持に駆られて殺したという説明は間違いではありません。そういう気持に駆られたというのは事実でしょうから。しかし、そういう気持に駆られたことと殺人行為とのあいだにはまだ距離があり、殺人という行為へと直結するものではありません。説明はまだ不十分です。作者とともに、何がこの殺人を惹き起こしたのか、考えてみましょう。

青年は、「お夏を殺そう、そんな事をはっきりと考えた事は嘗てなかったのです。死んでくれたら、とはよく思いました」と語っています。自分がお夏に殺されるのではないか、と考えたことはあるけれども、「自身手を下してお夏を殺そう、そうはっきり考えた事は遂になかった」といいます。「殺そう」という思いではなく、「死んでくれたら」（あるいは、「死んでくれないかしら」、「死んでくれるといいな」）というこの思いが、〈錐〉に化身してお夏を殺すのです。「だれでも情欲をいだいて女を見る者は、すでに心の中で姦淫を犯したのです」というイエスの言葉があります（「マタイの福音書」、五－二八）。〈死んでくれるといいな〉という〈思い〉は、心のうちに懐いた〈情欲〉に相当します。情欲の思いが心のうちで姦淫という罪を犯すように、死んでくれるといいなという思いも心のうちで殺人の罪を犯すのです。「荒んだ無為の生活」から「痛快な感じのする生活」――確かな存在感、安定した思考、現実感に満ちた生活――へ、錐が媒介するのです。イエスの言葉は作者の念頭に去来していたのではないでしょうか。

その夜、ささいな諍《いさか》いがもとで激昂した青年がふとあたりを見まわすと、昼間畳屋が使っていた錐がかたわらに落ちています（どういうわけか、その錐がそこに落ちているのを青年は知っていました）。鋭く光るその長い錐をつかむと、夢中でぶつりと女の喉を刺してしまったのです。錐による殺人はこのように生じています。青年が、錐をつかんで、刺した、このように見えます。しかし、青年は、行為の主体ではなく、錐が殺人を犯す、たんなる舞台にすぎなかったということもできます。

さきほどの「私は何を考えるともなく……」という引用文にもう一度もどってみましょう。この文章のなかに、「ぶつり〳〵と刺す長い錐を見つめる」、「柄の所までぶつりと深く刺す。……気持よく台を貫す。それを見る」（引用文では、「見つめている」、「見ている」というように、行為の継続を表わす「ている」がついていますが、もとの形にもどして使います）と、〈見る〉働きにかんする動詞が二度使用されています。文章の主語は「私」（＝〈わたし〉）です。「〈わたし〉は……錐を見つめる」、「〈わたし〉は……それを見る」。しかし、すでにのべましたように、主人公の青年にとって〈わたし〉の存在感は稀薄であり、ほとんど消滅に瀕していています。おまけに、殺人行為は睡眠中の夢のなかのことですから、〈わたし〉は消滅していて、存在していないのです。

すると、第二の文は、主語（＝主体）が消えて、「……それを見る」、つまり、見えているだけである事態を意味することになります。そして、第一の文は、「……錐を見つめる」と、主語（＝主体）なしに、「錐を見つめる」行為だけが存在する事態になります。そこには、見つめられている錐が存在するだけです。この錐から受けた印象は、すでにのべましたように、「胴震いがして来た」、「息がはずんで来た」、「凝っとして居られなくなった」と書かれているように、抑制のきかない身体的な反応を惹き起こすほど強烈なものでした。見つめられた錐は、このようにして、青年の心の奥深くに焼きつき、いつでも主体化する準備体制を整えていたのです（引用文には主語の「私」が存在していますが、これは回想している時点における「私」（＝〈わたし〉）であって、行為の時点の「私」（＝〈わたし〉）ではありません）。

錐が殺人を犯したのであれば、その行為が青年に「何の手応えもないような感じ」しか与えないのも当然です。青年は「何故そんな大きな事実でありながら、それを痛切に肯定する事が出来ない〔の〕だろうと不思議に思う」のです。行為に手応えを感じないのは、この行為が夢のなかの行為であるということがまずあるでしょう。夢のなかの行為であれば、〈わたし〉が犯したという感じがはっきりしないのが普通でしょう。さらに、青年が現実感を喪失しているという根本的な事情があります。現実感を喪失していれば、たとえ、夢のなかではなく、現実に殺人を犯した場合であっても、手応えのない感じがするはずです。青年が自分の殺人行為に手応えを感じないのは、現実感を喪失している状態のなかで、行為の主体が〈わたし〉ではなくなり、〈錐〉に移行しているからなのです。

錐は青年の心の奥底でいつでも主体化して行為する準備体制を整えていた、と書きました。しかし、錐は、どうして、お夏を殺すという行為に走ったのでしょうか。錐は、痛快な感じのする生活を切望する青年の欲求を実現しようとしました。欲求の実現のために、殺人の行為に走りました。錐を殺人の行為に走らせたのは、この欲求でしょうか。そうではありません。行為に走らせたのは、この欲求そのものではなく、ふたたび現実感喪失の事態であり、喪失の事態に乗じて噴出する破壊衝動の暗いエネルギーなのです。現実感を失っていなければ、破壊衝動は抑制されて、錐は欲求実現のためのエネルギーを獲得できなかったはずです。破壊衝動というこの暗い衝動について作者はたとえばつぎのように書いています。

人間の心には――例えばここに美しい絵がある。それを大事にしている時何かの場合、誤ってそれへブツリと一つ穴を開けたとする。その時それを直そうという考えよりも直ぐビリ〳〵に破ってしまいたいという気があるものだ。

引用文は『小説 殺人』草稿（全一）のなかの一節です。『小説 殺人』は、その直前の最初の草稿の段階では『小説 人間の行為』と題されていました。これらの草稿を経て完成した作品が『剃刀』で、一九一〇（明四三）年六月一日発行の『白樺』誌上に発表されました。『剃刀』の主題は、三つの表題が暗示しているように、人間の行為が問題化するような状況のなかで、行為の主体が消滅し、そこに剃刀による殺人が生起するというものです。「神経衰弱」をモチーフにした『鳥尾の病気』、『濁った頭』、『剃刀』、これら三つの作品は成立の時期が近接しているだけではなく、内容的にも互いに密接に関連しています。

ところで、破壊衝動について語っている右の引用文――いささか説明的すぎる草稿のなかのこの一節――は、完成作『剃刀』のなかでは姿を消して、次のように見事に形象化されています。作品の終わりで床屋の親方の芳三郎は、客の若者に剃刀をあてています。風邪による発熱と極度の疲労感に満たされている芳三郎の剃刀の刃が、若者の咽の柔らかい部分に「チョッとひっかかる」。若者の咽がピクッと動く。その瞬間、芳三郎の全身を「何か早いもの」が、さっと通りぬけていきます。

傷は五厘《りん》程もない。彼はただそれを見詰めて立った。薄く削がれた跡は最初白色をして居たが、ギッと淡い紅《くれない》がにじむと、見る〳〵血が盛り上ってきた。彼は見詰めていた。血が黒ずんで球形《きゅうけい》に盛り上ってきた。それが頂点に達した時に球《たま》は崩れてスイと一ト筋に流れた。この時彼には一種の荒々しい感情が起った。
かつて客の顔を傷つけた事のなかった芳三郎には、この感情が非常な強さで迫って来た。呼吸は段々忙《せわ》しくなる。彼の全身全心は全く傷に吸い込まれたように見えた。今はどうにもそれに打ち克《か》つ事が出来なくなった。……彼は剃刀を逆手《さかて》に持ちかえるといきなりぐいと咽をやった。刃《は》がすっかり隠れる程に。若者は身悶《みもだ》えも仕なかった。

引用文のなかに、「見詰める」という動詞が二度くり返されています。剃刀の刃がチョッとひっかかってできた小さな傷、薄く削がれた白い跡に見る見る盛り上がってくる血、黒ずんで球形に盛り上がった血の球がスイと一筋に流れる、それを芳三郎はじっと見つめています。このとき、芳三郎の〈わたし〉はこの〈見つめる〉という行為のもとにいます。「荒々しい感情」

が「非常な強さで迫って」くる。「彼の全身全心は全く傷に吸い込まれたように見えた」と書かれています。まず吸い込まれたのは、芳三郎の見つめる眼であり、この眼とともに「彼の全身全心」が吸い込まれたのです。芳三郎の見つめる眼（＝見つめる〈わたし〉）が、非常な強さで迫ってくる「荒々しい感情」に打ち克つことができずに、その感情のなかに——感情が噴出するもとになっている傷のなかに——飲み込まれていったのです。

破壊衝動はしかし、通常の場合は現実化することなく抑圧されてしまいます。抑制できないときに噴出するのです。抑制がきかないのは、〈わたし〉がそれを抑制する力を失っているときです。芳三郎の場合のように極度に疲労しているとき、あるいは、激昂して我を忘れたとき、また、酩酊しているとき、そして、現実感を喪失したときのように。

『濁った頭』の場合、現実感の喪失に乗じて破壊衝動が噴出します。その噴出エネルギーを、錐が帯びるのです。こうして錐は殺人行為に走ります。主人公の青年には、行為の主体は錐にあり、行為の責任は錐にあって、自分自身の〈わたし〉には存在しないように思えるのです。

女を殺してしまった（と思いこんでいる）青年は、温泉場の宿から逃げだします。山の中を夢中で逃げていく途中、急な斜面をよじ登っていると、上方から「土村先生」が「濃い眉の下に深く落ち窪んだ、力のある眼で黙って」青年を見下ろしています。青年は「ぞっとしました」（このイメージが偉大ではあるが、銅像のように硬直した姿であることはすでにのべました）。いま青年は、ある山奥のきたない旅人宿の二階にいます。「あの真夜中、あの山中に土村先生が立っていられる、そんな事はあり得ない」ように思えます。あれは現実に起きたことではなく、夢の記憶かしらとも考えてみます。しかし、足は傷だらけで身体も疲労困憊しており、確かに山中を逃げてきたようです。お夏を殺したことも、それ以前のお夏との関係のことも、現実の出来事だったのか夢だったのか、「もう何が何だか分からなくなりま」す。

穏やかな春の日差しが山道にそそいでいました。その強くもない光が青年にはまぶしく感じられます。峠を下っていく青年は、道端を流れる渓流に眼をとめます。そこには、子供たちが三四人小さな水車を回して遊んでいました。青年はぼんやりと立って、それを見ていました。そのうちに青年は回転する水車から眼をそらすことができなくなります。

私は泥酔した人のように眼を据えて廻る小さな水車を見詰めていました。見詰めてる内に頭がボーッとして来たと思うと、水車の車が段々に早く廻って来ました。――段々に早くなる。クッと角が立って廻ります。間もなくその角立つのがなくなってクル〳〵と更に早くなったと思うと、その辺《へん》の子供は皆《みんな》何処かへ行ってしまいました。

深淵を覗いているると、深淵のほうがその人を覗きこんでくる、とニーチェは語っています。主人公の青年が見つめている回転する小さな水車こそ、青年の〈見つめる眼〉（＝〈わたし〉）にとって、深淵でした。この深淵が、それを見つめている青年のほうを覗きこんできます。すでにのべましたように、青年の〈見つめる眼〉は支えを失って、無の深淵のうえに宙づりになって浮遊していました。支えを失って、浮遊している眼は水車の回転に容易に巻きこまれてみずからも渦を巻き始めるでしょう。

流れの音も、鶯のさえずりの声も、あたりの物音はすべて消えます。

私には今はただ眼に映る水車の車だけになりました。車は非常な早さでキリ〱と廻ります。その内それは段々大きくなって、私に迫って来ます。もう見詰めては居られません。私はそのままそこへ昏倒《こんとう》して仕舞ったのです。

志賀直哉が内村鑑三のもとを去ったのは、一九〇八（明四一）年の夏で、『濁った頭』の着想を得たのが、その秋、十月十五日にみた夢からであったことはすでにのべました。志賀直哉は、この作品は作者自身の「夢からのヒントと神経衰弱の経験」にもとづいて書き上げられたものであり、この作品で書きたいと思ったのは「夢と現実とが、ゴッチャ〱になる所」であると語っています。ここで注目すべきなのは「神経衰弱の経験」という言葉です。それがどのようなものであったかこれから考えてみることにしましょう。

作者は後年、「明治三十五年の春頃から私は神経衰弱になり、学校を休んでいた」と語っています（「山荘雑話」全七）。明治三十五年、つまり一九〇二年、というのは作者の十九歳の年、内村鑑三のもとに通いはじめてから二年目、足尾銅山鉱毒問題で父と衝突した翌年のことです。以降十数年間、作者は「神経衰弱」とつき合うことになります。

すでにのべたことですが、作者は一九〇九（明四二）年一月には、「神経衰弱」そのものを主題にした小説も書いています。これが『小説 神経衰弱』で、翌年十二月に修正清書のうえ、一九一一年一月一日発行の『白樺』誌上に『鳥尾の病気』と改題して発表しています。この作品は自分の「神経衰弱の経験」を三人称の主人公鳥尾の病気として、外から客観的に描写したものです。『濁った頭』の最終稿は一九一一年一月始めから書き始められていますから、『鳥尾の病気』にすぐ接続しているわけです。しかし、草稿としては『濁った頭』のほうがさきです。すでにふれた『剃刀』もふくめて入り組んだ執筆の経緯を表にして示してみます。

一九〇八（明四一）年夏　内村鑑三のもとを去る

十月十五日　夢。『濁った頭』の着想（「手帳11」）

十月十八日　『二三日前に想いついた小説の筋』（草稿）

一九〇九（明四二）年一月十五日　『小説 神経衰弱』（草稿。のち『鳥尾の病気』）

九月　遊郭での放蕩はじまる

九月三十日　『小説 人間の行為』（草稿A。のち『小説 殺人』）

直後　『小説 人間の行為』（草稿B）
十月十三日　『小説 殺人』（草稿）
一九一〇（明四三）年六月一日　完成作『剃刀』（『白樺』一巻三号）
九月　『濁った頭』完成、未発表
十二月十三日　『鳥尾の病気』修正清書
一九一一（明四四）年一月一日　完成作『鳥尾の病気』（『白樺』二巻一号）
一月二日　『濁った頭』書き直し開始
四月一日　完成作『濁った頭』（『白樺』二巻四号）

この時期にはもちろん『網走まで』のようなごく普通の作品も書かれていますが、表に見られるように志賀直哉が自分が苦しんでいた「神経衰弱」の症状に作家として重大な関心をいだいていたことも事実です。作家がこのような病的な事態についてどのように考えていたかを示すことばがあります。

病的という事は飛躍であり、正気では感ぜられないもの、又正気では現せないものを、この飛躍で現す場合がある……。（「創作余談」全八）

この志賀直哉流の「病者の光学」（ニーチェ）は、直接には、一九一一（明四四）年に執筆された『祖母の為に』という作品について語られているものですが、『剃刀』、『鳥尾の病気』、『濁った頭』などの、同じ系列に属する〈病的な〉作品群にも当然あてはまります。わたしたちは志賀直哉の「病者の光学」による人間精神の内奥の描写がどのようなものであったか、『濁った頭』という作品に即してかなり詳しく考察してみました。『濁った頭』は、作家と思われる人物である「自分」が箱根の小湧谷の宿で偶然知り合った津田君という人物の話を聞くという構成をとっています。作品の〈まえがき〉と〈あとがき〉は「自分」の眼に映った津田君という三人称の人物の様子が外から描写されており、本文は津田君自身の一人称の「私」の述懐がそのままの形で語られています。作者は、素材となった自分の「神経衰弱の経験」を二重のしかたで、つまり、三人称的に外から客観的に、また、一人称として内から――作者自身が「私」になりきって――述懐するというしかたで、自由自在に描写することができたのです。この点が、それをたんに外から三人称的に客観的に描いた『鳥尾の病気』と（また、作者が、三人称の人物である芳三郎に寄り添って、人物の外から、説明的に描いた『剃刀』とも）違う点です。ついでにいえば、芥川龍之介の『河童』（一九二七年）や太宰治の『人間失格』（一九四八年）も『濁った頭』と同様の構成をとっています。それは『濁った頭』が実践してみせたように、三人称によって外から描写すると同時に一人称によって直接に内面を述懐できるという描写の自在さに理由があると思われます。

さて、志賀直哉の「神経衰弱」が、一九〇二（明三五）年の春頃から始まったと作家自身が語っていること、および、それが、以降十数年間続いたということはすでにのべました。この「神経衰弱」の症状がおさまったのは、十五年後の、一九一七（大六年）年のことです。このようないいかたをすると、「神経衰弱」は時を経て自然におさまったように聞こえますが、事実はそうではありません。この年には、まず『城の崎にて』が書かれ、続けて『和解』が書かれています。むしろ、作家志賀直哉は、『城の崎にて』を書き、『和解』を書き上げることによって、この一九一七年という年に、長年のあいだ苦しんだ「神経衰弱」をついに克服することができたというべきだと思います。

「神経衰弱」が始まった時期についてまず考えてみましょう。症状は、「明治三十五年（一九〇二年）の春頃」、つまり、一九〇一（明三四）年夏に内村鑑三のもとに通い始めてから半年ほどたったころ、学校を休まなければならないほど悪化しています。内村鑑三のもとに通い始めたことは症状の発現に無関係ではなかったと考えられるのです。内村鑑三の教え、つまり、キリスト教の父なる神を信じることが、当時の志賀直哉の内面で肉親の父との対立を増幅したであろうということはすでにのべました。この一九〇一年夏には、足尾銅山鉱毒事件にかんして父と子のあいだに最初の激しい衝突が生じています。この衝突によって、精神の内面における父なる神と肉親の父とのあいだに明確な亀裂が入ったはずです。そして、この亀裂の入った両者の対立が、「神経衰弱」が症状として発現するきっかけとなったのではないでしょうか。つまり、志賀直哉における「神経衰弱」の問題には精神の内面における二つの〈父〉の並立という問題が密接に関係していると考えられるのです。
当時の日記は存在しませんからこれ以上の詳しいことは分かりませんが、現存する日記の最初の年、一九〇四（明三七）年の九月六日につぎのように記した箇所があります。

この夜直方氏に贈るべきもの、事にて父怒り、……余り口惜しく一時間余りも泣きたりしがBibleを読みて漸く希望に復す。

これはすでに一度引用した文章です。直哉には、幼いころから兄のように親しんでいた四歳年上の叔父がいました。その叔父の直方が日露戦争で、出征することになり、直哉は叔父直方の無事の帰還を願って心をこめた贈り物を考えます。その贈り物のことで父が怒ったのです。そのことが、口惜しくてたまらずに、二十一歳の直哉は「一時間余りも」泣いていました。この口惜しさは、たんに贈り物のことで父が怒ったということだけではなく、そのことによって自分の存在そのものを否定されたという口惜しさだったはずです。肉親の父によって否定された自分の存在の「希望」、生の「希望」を、聖書を読むことによってとりもどすことができたのです。
さらにいえば、この口惜しさには、父に認めてほしいというひそかな願望が混在しています。

自分の存在、自分の生を父に、おおげさに聞こえるかもしれませんが、承認してほしいという願望を冷淡に拒否された結果の口惜しさです。ですから、口惜しさは、この場合、別のもう一人の父――つまり、聖書の〈父〉――の承認を獲得することによってやっと解消するのです。こうして志賀直哉は「希望に復す」ことができたのでした。

わたしたちは、この出来事のなかに、青年志賀直哉の精神の内面における二つの〈父〉の対立の様子を明確に読みとることができます。そして、一九〇七（明四〇）年八月に起きた女中Cの事件は、一方で、家長の〈父〉にたいする、他方で、〈父〉なる神にたいする二重の挑戦の意味を持つことになります。この事件がきっかけとなって志賀直哉はキリスト教の教えから離れます。〈父〉なる神に心の拠り所を求めることをやめたけれども、肉親の〈父〉との不和の状態は続いています。二つの〈父〉にたいする心の拠り所を同時に失った青年志賀直哉の「神経衰弱」の症状はますます激化していったはずです。さらに、一九〇九年九月には遊郭へ通い始めています。これは、自分の内奥から湧出する性欲に「正直に」つきしたがおうとしてとられた行動でした。青年志賀直哉にとって、当時唯一確かなものは、キリスト教の禁欲の教えにしたがって抑圧していたにもかかわらず、みずからの内奥から湧出してやまない性欲でした。つまり、この行動は、心の拠り所なしに、そして同時に、拠り所を求めて、なされた自己の内奥への果敢な突入の行為を意味しているのです。『濁った頭』という作品は、この行為の継続中に行なわれた、自己解明のための創作的な思考実験の意味を持つということができます。

さて、精神の内面の心の拠り所をなすはずの〈父〉との葛藤が、志賀直哉における「神経衰弱」と無関係ではないとすれば、その症状がおさまったのが、血縁の父との和解が成就した一九一七（大六）年であったという事実は何ら不思議ではないということになります。さらにいえば、血縁の〈父〉との不和・対立にキリスト教の父なる神が介入したことこそが志賀直哉における「神経衰弱」の症状が発現する原因となったばかりではなく、「神経衰弱」そのものの内実をなしていたということができるのです。

しかし、そう断定するのはまだ早すぎるかもしれません。そのことを確かめながら、『濁った頭』が書かれた一九一一（明四四）年以降の志賀直哉の精神の歩みをたどってみることにしましょう。

第四章　〈わたし〉の分裂――苦悩の本質

青年時代は自己との出会いの時期です。自己を模索し確立しようとする欲求に駆り立てられるこの時期に、青年は孤独で、時としては、危険な精神の彷徨の旅に出ます。

自己を探しに出た。……自分に会って嬉しさも嬉しいが、孤《ひと》りだという悲しい気もかなりする。今はそんな気がして来た。

一九一一（明四四）年の一月四日の日記には、こう記されています。自己と出会う喜びには必然的に孤立する悲しみがともなっています。自己を意識するというのは、自己が他から分離していくことを意識する、つまり自己の孤独を意識することです。

他人と会うという事は今年の自分にはいけない事であるようだ、孤独を平気で仕事をするように何者かゞ自分を向けているのかも知れないという気がする。

その二日後の日記の記述です。前年の一九一〇年十一月には、「よくもよくも毎日誰かに会っている自分の生活の単調さに呆れた」という記述が見いだされます。自分が友人の家に行く、その友人と一緒にまた別の友人の家に行く、友人たちが自分の家に来る、そういう交流を、この年の四月に創刊された『白樺』の同人たちや友人たちのあいだで、毎日毎日くり返していたのです。一月四日の日記の記述は一九一一年の年頭にあたって、孤独のなかで仕事をしなければならないという新たな決意を記しているわけです。

自己の模索と確立の歩みは相反する二つの道を同時に歩くことです。自己の成立のためには他者から離れて孤独でなければならず、また、自己を知るためには他者との交際が不可欠です。青年期はこの矛盾に苦しむ時期でもあります。では、求めて得られた孤独のなかで何をするのでしょうか。翌年の一九一二年の三月の日記に、つぎのような記述が見られます。これはすでにふれたことがある文章ですが、もう一度引用してみます。

人間は――少なくも自分は自分にあるものを生涯かゝって掘り出せばいゝのだ。自分にあるものを mine する。これである。

青年志賀直哉が生涯を捧げようと志した作家の仕事というのは、このような自己を掘り出す作業を意味しました。掘り出すために見つめる眼に、自己の内奥から湧き出てくる何ものかの兆しが見えてきます。それを育み成長させ体得するために書くこと——それが作家としてのこの青年の自己の模索であり自己探求だったのです。同じ三月には、つぎのような記述を見いだすことができます。

不安なような、不快なような、腹立たしいような、寂しいような、今の気分ではあるが、その底には一つの力がわきつゝあるような心持ちがしているのが一種のまた快感である。孤独で平気で進めるようになろうとする、今の淋しい心持ちを安値にダ協せぬように保たねばならぬ。

低い基調音のように青年のこころに響きわたる気分——不安、不快、腹立たしさ、寂しさ、それらが混和した重苦しい——この気分。その底から湧き出てくる一つの力が、ここに凝視されています。この力は一つの新しい生命です。この力と、それを見つめる眼との関係はどのようになっているのでしょうか。

自分の内部から湧き出る力があり、喜びをともなった快感がある——このような事態が存在します。この場合、初めにあったのは、見つめる眼ではなく、湧き出る力と快感のほうであるように思われるかもしれません。そこにそれを見つめる眼が成立し、眼が成立することによって事態の描写が可能になる、と。しかし、湧き出る力と快感は、それを見つめる眼が成立する以前には、存在してはいなかったはずです。見つめる眼に見つめられることによって、それは初めて存在することができるからです。ですから、この眼と眼によって見つめられるものとは同時に誕生したというほうが正確です。湧き出る力によって、それを見つめる眼が生まれ、見つめる眼によって、湧き出る力は存在することになります。両者は、成立のそもそものはじめから、相互に依存しており、切り離すことができないのです。

湧き出る力の快感は、見つめられることによって存在するようになり、喜びの感情が生まれます。見つめる眼は湧き出る力の快感に支えられ、喜びの感情に祝福されて存在しています。湧き出る力が消えると、喜びの感情も霧消し、支えを失ったこの眼は、見つめる対象を見失って、不快な、腹立たしい、不安な気分のなかに、宙づり状態で、取り残されてしまうことになるでしょう。

このような自己の探求の歩みには自由であることが欠かせません。自己の自由と他人の自由とが衝突する場合には、自己のほうを優先しなければなりません。

自分の自由を得る為には他人をかえりみまい。而して自分の自由を得んが為に他人の自由を尊重しよう。他人の自由を尊重しないと自分の自由をさまたげられる。二つが矛盾す

れば、他人の自由を圧しようとしよう。(「日記」一九一二年三月十三日)

志賀直哉は、このような自己探求の道を歩いていました。しかし、それは父の眼には「自活も出来ずに毎日のらくらと日を送って、そうしては友達の所へ行ったり呼んだりして、ただ無益な雑談をしている」としか映りませんでした(「暗夜行路草稿5」全六)。「よく人から息子さんは何をしておいでですかと聴かれる。その度に実に返答に当惑する」と、父は子に向かっていいました(「暗夜行路草稿14」全六)。「まるで将来望みのない人間だときさまはもうアキラメているのだ」といったこともありました(同)。

父と子が対立したときにとる父の高圧的な態度は、子にとっては「その方へのびたいとか、こう歩きたいと思う道へ出て来て、よくわかりもしないのに、立ちふさがるような事をする」ように思えました(「暗夜行路草稿2」全六)。息子には、父が、「自分に食わして貰っている者がそんな自由に物を考える資格はないという気でいる」ように見えたのです(同)。息子は、父の家の中のどこにも自分の場所を見いだすことができませんでした。そのころのある日の夕方を回想した文章が残っています(同)。

ある夕彼はいつものように落着のない気持で麻布の家を出た。それは家に落着いてはいられない、然し行きたい所はない、空虚な不愉快な気持だった。

父の家には、心の落着く場所はありませんでした。だからといって、家の外のどこかに、その場所があるわけでもなかったのです。友人たちの顔をつぎつぎに思い浮かべてみる。しかし、行きたいと思う所はない。それ以外の場所も同じでした。どこにも落着く場所を見いだせない空虚な心。不愉快でした。いつもそうでした。

どうしてい丶か解らなかった。こういう時の心の空虚さには毎時彼は耐えられない気がした。彼はその頃や丶もするとそういう気持になる事が多かった。

いま、見つめる眼は、落着く場所を見失って、空虚な、耐えられないような不快感に満たされた状態にあります。心の空虚さに苛立つこの眼は、何を見るでしょうか?

夕日が、まだ、赤々と映えている坂道を下っていく。道沿いの家の軒下の石油燈には、すでに灯がともって、青みを帯びた磨硝子《すりがらす》の中で、間が抜けたようにボンヤリと橙色に光っています。その石油燈の姿が、いまの自分の姿と同じに見え、憐むような、腹立たしいような歯がゆいような奇妙な気持ちに駆られます。

彼は自分があの灯だったら堪らないと思った。幾らもがいても、怒鳴っても、それから焦《あせ》って磨硝子の内側から爪を立て、キイ〳〵ひっかいた所で仕方がないと思った。

磨硝子の中に閉じ込められて、苛立つ、この空虚な眼に、ある光景が見えてきます。それは、焦燥感の底から噴出してくる破壊衝動が生みだす想像の世界の光景です。

もしひどい嵐が来て、あの軒燈を乾いた板日差《いたびさ》しに吹上げてくれた時、うまく行って硝子が砕ける。油壺が破れる。而して石油が流れる。火が燃え移る。家を焼く、町を焼く、大火になる。――こんな事でもなければ今の自分は尻の方から段々腐って行く。彼はそんな気だった。

このイメージものちに『暗夜行路』の一節として使用されている文章です（前編第一章九節の謙作の日記。一二九頁）。引用文では、破壊衝動の実現は、まだ、想像の世界つまり非現実の世界にとどまっています。また、破壊の実現は、嵐によって成就されるわけですから、まだ、受動的で消極的です。いいかえると、見つめる眼はまだ、見えるものを、現実の世界から区別する力を失っていないということです。しかし、焦燥感がさらに激化したときに見つめる眼は自己の支えを喪失することになるでしょう。支えを失った眼は宙をさまよい、現実感が稀薄になります。現実と非現実を区別する力を失った眼には、破壊衝動の実現をもはや想像の世界にとどめておく力が失われます。また、嵐と自己とを区別する力も失われ、破壊衝動は一転して能動化するでしょう。見つめる眼は破壊衝動のなかにのみ込まれてしまうのです。そのような事態を描いたものとして『濁った頭』や『剃刀』という作品をすでに、とりあげました。

しかし、これらの作品のなかに描かれている破壊衝動の能動化（＝現実化）は、まだ、作者の想像の世界のなかで起きた事件でした。作中人物は破壊衝動のなかにのみ込まれても、作者の眼は、もちろん、それを見すえる力を失ってはいません。ところが、『城の崎にて』のところでふれた『家守』という作品に描かれているのは、作者自身が、家守を衝動的に殺す行為なのです。そこに描かれているような破壊行為が衝動的に現実化した瞬間には、作者の眼そのものが、衝動のなかにのみ込まれていたのです。事態は一層、深刻でした。

この『家守』が書かれたのは一九一四（大三）年七月三十一日のことです（『家守』については、第五章でまたのべることにします）が、わたしたちはそれ以前の、「その底には一つの力がわきつつあるような心持がしている」と日記に書かれていた、一九一二年の時点にもどらねばなりません。これが書かれたのは三月のことでしたが、七月末には『大津順吉』を脱稿し、九月に『中央公論』誌上に掲載されます。このとき志賀直哉ははじめて原稿料を手にしました。そして十月、これまでに書かれた作品をまとめた短編集『留女』を自費出版しようとして、その費用のことで父と争いになりました。この月の二十四日のことです。金は出してやるから自活しろ、という父の言葉に応じて、息子は家を出ることに決めます。

父の家を出た志賀直哉は、十月二十五日から、尾道に住むことになります。家出の動機について、「自分は父に追い出されたんではない。自分の追う者に追い出されたのである」と自己確認するようなメモが残っています（「ノート11」一九一二年）。つまり、この家出は、少なくとも、主観的には、自分が追求するものによって生じたというのであり、そういう意味では、ある種の出家といってもいいかもしれません。尾道滞在はほぼ一年におよびます。この尾道で、のちに『暗夜行路』として結実する草稿やメモが書きはじめられました。途中、淋しさに誘われて、東京に帰ったこともときどきありましたが、以降、父の家に戻って住まうことはありませんでした。

短編集『留女』は志賀直哉の最初の著作で、『祖母の為に』（この作品については、さきでふれるつもりです）ではじまり、『鳥尾の病気』、『剃刀』と続いて『濁った頭』まで十編の作品が収められています。書名は祖母の名前からとられており、祖母に捧げるという献辞をつけて、翌一九一三（大二）年一月一日に刊行されました。四月には、夏目漱石が称賛する記事を書きます。最初の著作は当代一級の大家に認められたわけです。そればかりでなく、この年の暮れには、漱石から、自分が新聞に連載する予定の小説『心』（単行本では『こころ』）のあとに、連載小説を執筆するようすすめられます。

さて、最初にお話しました山手線の事故は一九一三年八月十五日のことでしたが、この事故は、ちょうど尾道から帰郷して東京に滞在していたときに起きた出来事でした。瀕死の重傷を負って病院に担ぎ込まれたことはすでにのべましたが、このとき、父は一度も病院に見舞いにきませんでした。この年の二月のことですが、尾道から讃岐に旅行して屋島に泊まったとき、眠れずにあれこれ考えごとをしているうちに、「もしかしたら自分は父の子ではなく、祖父の子ではないかしら」という思いが浮かんだと語られています（「続創作余談」全八）。この思いは、事実問題としては打ち消されたようですが、小説の構想として生き続けることになります。このことは、志賀直哉が父の存在という問題にこだわり続けざるをえなかったということを意味します。尾道時代のノートに、小説の構想のなかで、「死の恐怖を感ずる、家出の前／父の子ではないと思う」と記された箇所もあります（「ノート12」）。

この尾道に滞在していたころの精神状態を物語る二つの文章に注目してみましょう。まず、当時を回想した文章です。

私が東洋画に本統に親しみ始めたのは大正一、二年の頃、尾道に住んでいた前後、精神的に非常に苦しく、神経衰弱でもあって、やりきれない気持で、それに近づいた。それまでは複製でではあるが西洋の美術に心を惹かれていたが、そういう精神状態の時には動的な要素の多い西洋美術では慰められる事が少なかった。どういうキッカケか、東洋の古い画を見、心の静まるのを覚え、以来、尾道の往復には必ず京都に寄って、博物館とか寺々に行ってそういうものを見る事によって、不安な苛々した気分を静めた。（「私と東洋美術」

郵 便 は が き

恐縮ですが、
切手をお貼り
下さい。

101-0051

（受取人）

東京都千代田区
神田神保町二—一〇

新曜社営業部行

通
信
欄

通信用カード

■このはがきを，小社への通信または小社刊行書の御注文に御利用下さい。このはがきを御利用になれば，より早く，より確実に御入手できると存じます。

■お名前は早速，読者名簿に登録，折にふれて新刊のお知らせ・配本の御案内などをさしあげたいと存じます。

お読み下さった本の書名

通 信 欄

新規購入申込書　お買いつけの小売書店名を必ず御記入下さい。

(書名)	(定価) ¥	(部数) 部
(書名)	(定価) ¥	(部数) 部

(ふりがな)
ご 氏 名　　　　ご職業　（　　歳）

〒　　Tel.
ご 住 所

e-mail アドレス

ご指定書店名	取次	この欄は書店又は当社で記入します。
書店の住　所		

一九五二年、全七）

ここには、「大正一、二年の頃、尾道に住んでいた前後、精神的に非常に苦しく、神経衰弱でもあって、やりきれない気持ちで」いたと語られています。もう一つは、この頃書かれた文章です。これは全集第六巻のなかの「暗夜行路草稿6（資料）」で、「（資料）」という添え書きがついています。その理由を説明するためでしょう、全集の「後記」に、「これは小説の草稿というよりは、当時の感想の一端を述べたものである。日記に書かれた所感とも重なる内容を持っている」という注記がついています。この文章は右の引用文のなかで回想されている時期と同じ時期に書かれています。そして、右の引用文のなかの「精神的に非常に苦しく、神経衰弱でもあって、やりきれない気持ち」のときに、どのようなことを考えていたか、あるいはむしろ、その苦しさ、やりきれなさの内実が、どのような事態であったかを説明してくれます。

「暗夜行路草稿6（資料）」の文章のほうから話をはじめます。この草稿の冒頭にはまず、「道徳から自由になりたいという望み」を抱いていると書かれています。この道徳ということばのなかに、キリスト教道徳の余韻を聞き取ることが容易にできるでしょう。何故、自由になりたいのでしょうか。それが「本統の生活」である、と考えるからです。「本統の生活」という言葉は志賀直哉において重要な意味を持つ言葉です。山の手線の事故の直後に脱稿した『范の犯罪』の主人公は「本統の生活に生きたい」という強い欲望を抱いている人物です。この欲望が強ければ強いほど自分に本当の生活がないという現実にたいする苛立ちが昴じ、ついには抑制がきかなくなるでしょう。また、『暗夜行路』において謙作が暗夜のような行路のなかをさまよいながら求めているのも「本統の生活」です。作品のなかでは、それは、「本統の平安と満足」あるいは「本統の救い」と表現されています。ここには、「本統の生活」を生きることこそ「本統の平安と満足」を見いだす道であり「本統の救い」が得られるという強い信念が存在します。

では、「本統の生活」とはどのような生活なのでしょうか。それは、さしあたり、すでにのべたことですが、一九一二年三月の日記に書かれていた、「自分にあるものをmineする（掘り出す）」生活のことです。そのためには、あるいは、そもそも「自分」が「自分」であるためには、「道徳」から「自由」でなければなりません。そして、ここでも、話題は、「女との関係」つまり性の欲望についてです。性欲は自分の内部から湧き出してくるものです。「自分」は、「自分にあるもの」をmineしようとして、「欲望のまゝに勝手な事をする」。それは、「或る満足」を自分に与えてくれる。ところが、「自分は何故か急に不愉快な淋しい心持になる。気落ちを感じる」。「自分は自分の欲望に従って自由に行った」のに、「本統の自由」というものが与えてくれるはずの高揚感は少しも感じられない。「自分」は、肉欲を満たすことは、食欲を満たすこと、そして、ものを考えることと同じように自然な行為であると考えている。「ところがそれはただ考えであって実際はどうしてもそう感じられない」。

ここにも思考と感性とが合致せず、分離しているという事態が存在します。志賀直哉は、この分離に敏感な人でした。また、思考と行為の分離の場合もそうです。『濁った頭』の主人公の青年が、シャツを脱ごうと思って起き上がり、どうしたはずみか、手をのばしてパチッと電灯のスイッチをひねって消してしまい、暗闇のなかに茫然とたたずんでいた姿を覚えているでしょうか。

思考と感性の分離の話にもどりますと、この場合、考えのほうは自然であるわけですから、両者が一致しないのは感性のほうに問題があるということになります。高揚感を感じられないのは欲望そのものではなく、その内容、つまり欲望のありかたに問題があるということになるのです。それでは、どうすればいいのでしょうか、ここからさきが、この草稿で新しく語られていることです。

> 総べてから自由でなければならぬ。自分は自分の欲望にそのまゝ従っていゝ。然し何よりも大切な事はその欲望を淳化？する事だ。その欲望が自分の人格の総和とピッタリ合ったものでなければならぬ事だ。欲望そのものを自ら疑う所があるようではならぬ。自分は自分の総べての力を盡《つく》す所は自分の中の根本的なただ一ヵ所だけである。

欲望を淳化（純化）することが肝要である、と書かれています。どのようにして純化するのでしょうか。それについては何も書かれていません。ただ、草稿の終わり近くに、「山に入って考える」と書かれています。それは、翌一九一四年の夏に実行されました（伯耆《ほうき》の大山に行って十日間滞在します）。このとき、欲望の純化は、突如として劇的なしかたで、実現を見るのです。そのことは、あとでのべることにしましょう。

右の引用文に戻ってみますと、欲望そのものに疑いを抱くようではいけない、と書かれています。一読しただけでは、この疑いは安定した確かな足場に立って、欲望そのものに懐疑的になる、そういうことがあってはならない、と語っているように見えるかもしれません。しかし、そうではないのです。続けて、「自分」は、「自分の中の根本的なただ一ヵ所」に「自分の総べての力を盡さ」ねばならない、と書かれています。これはどのようなことなのでしょうか。草稿のさきを読むと、そのことが明らかになります。

自分のは自分の一つ〳〵の行為を反省し批判し、冷汗を流し自己嫌悪に陥入る。自分は自分の行いが一つ〳〵で勝手にその場合〳〵に出て来る。このくらい不安心な事はない。それらがどうしても自ら統一する事が出来ない。むしろ病的なくらいである。行いつゝある自分とそれを見ている自分とが全く別々になる。自分が二つになる、その二つが、ゴチャ〳〵になる、それは見ている自分が、行っている自分を見ていられない程に悲惨に思う時、アワテ、二つがゴチャ〳〵にこんぐらかる。もう何もかも滅茶々々になる。極端にミゼラブルな自分が残る。この分裂を自分は時々惹き起す。自分はこういう状態が段々烈しくなれば生きてはいられない。

自分は何よりも自分を統一しなければならぬ、根本の一つのもの〔を〕、握らねばならぬ。……そこにいて、総てを見なければならぬ。

疑いは深刻だったのです。疑う〈わたし〉（「自分」）が確固としてあって、何かを疑うというのではなく、疑う〈わたし〉（「自分」）そのものが疑いのなかで分裂し、統一が失われています。行為する自分とそれを見ている自分、いいかえると、見られている自分と見ている自分とは分裂しており、「二つがゴチャ〳〵にこんぐらかる」。何よりも大切なことは、自分を統一するということです。そのために必要なのが「根本の一つのもの」を摑むことです。この「根本の一つのもの」というのが、さきほどの引用文のなかの「自分の中の根本的な一ヵ所」のことであるのはいうまでもありません。

人間は生まれながらにそういう物を摑んで来なければならないように思う。自分はどうだったろう、摑んでいたとも云えない。然し今程分裂した自分ではなかった。何か摑んでいたものはあった。自分はどうかしてそれを失ったのだ。何所で自分はそれを失ったろう？

草稿は、ここで終わっています。何処でそれを失ったのだろう、という疑問に志賀直哉自身、答えを見いだしたでしょうか。見いだしたのです。しかし、その答えの見いだしかたは、どこどこで失った、という答えかたではなく、生活のなかで「根本的な一ヵ所」を摑みとり、「自分」を統一する、つまり分裂を解消するというしかたでした。いいかえると、この疑問に、論理的にではなく、実践的に答えているのです。作者はそうでしたが、私たちは、読者として、それがどのような事態であったか、考察をくわえてみたいと思います。論理的に分析してみることも無意味ではないと考えるからです。

行為しつつある〈わたし〉（自分）とそれを見ている〈わたし〉（自分）とが二つに分裂して、全く別々になり、その二つがゴチャ〳〵になる、とさきほどの引用文に書かれていました。人間の行為というのは（と、志賀直哉も考えたはずです。すでにふれました『剃刀』という作品がもともとは『小説 人間の行為』という題であったことを思い出してください）、普通の場合は、行為しつつあるという自覚を伴うことによって行為として成立します。この自覚は、行為しつつある〈わたし〉（自分）を見ている〈わたし〉（自分）がいるということです。そして、この二つの〈わたし〉が統一されている、つまり同一の〈わたし〉である、ときに、その行為が〈わたし〉の行為として成立します。この〈わたし〉が二つに分裂し、全く別々になってしまえば、志賀直哉の場合のように、「自分の行いが一つ〳〵で勝手にその場合〳〵に出て来る」

ことになるでしょう。しかも、「見ている自分が、行っている自分を見ていられない程に悲惨に思う時、アワテ、二つがゴチャ〳〵にこんぐらかる。もう何もかも滅茶々々になる。極端にミゼラブルな自分が残る」ということにもなるのです。

事態は『濁った頭』の主人公の場合と同じです。そのとき、メルロ＝ポンティの再帰性について話をしました。見る〈わたし〉が見える〈わたし〉である、つまり、見る〈わたし〉が見える〈わたし〉に再帰する（あるいは、逆に、見える〈わたし〉が見る〈わたし〉に再帰する）、ということのことによって、人間の自己は〈わたし〉という一個の統一的な人格を形成しているということでした（一一一頁）。『濁った頭』の主人公は、このような〈わたし〉の再帰性が阻害されています。そして、草稿に書かれている事態もまた同様にこの阻害によって自己が統一を失い分裂しています。『濁った頭』についてのべたさいには、この阻害が神経衰弱に由来するとだけお話しました。しかし、いまは、その神経衰弱が、志賀直哉の場合、〈父〉との葛藤に由来するのではないかという問題意識をもって考察を進めているところです。父とは何か（これはむしろ、父なるもの、あるいは、父性とは何か、というほうがわかりやすいかもしれませんが）という問題がもちろんあるわけですが、そのことは、また最後に考えてみることにして、〈わたし〉の再帰性の阻害を父との葛藤という問題と関連させながら考察を続けることにしましょう。

この草稿のなかで語られている事態にもう一度もどってみましょう。そこには、行ないつつある自分とそれを見ている自分、いいかえると、見られる〈わたし〉と見る〈わたし〉とが、二つに分裂し、「全く別々になる」という事態と、その二つが「ゴチャ〳〵になる」という場合、事態と、二つの事態が存在しています。後者の場合、つまり、「ゴチャ〳〵になる」という事態が存在しています。「見ている自分が、行っている自分を見ていられない」ようになったとき、「アワテ、二つがゴチャ〳〵にこんぐらかる」といわれています。見る・見られるという関係において、基本にあるのは、見る（行為）のほうです。もし、見る〈わたし〉が、確固とした存在のありかたをしていれば、見られる〈わたし〉が、どのような「悲惨な」状態を呈していようとも、見られる〈わたし〉とともに、「アワテ、……ゴチャ〳〵にこんぐらかる」ことはないはずです。そうなってしまうのは、見る〈わたし〉のありかたが不安定である、別のいいかたをすれば、見る〈わたし〉の確固とした支えが存在しない、からであるということができるでしょう（この支えとなるのが、父である、結論を先回りしていえば、そういうことになります。いま問題にしているこの草稿の段階では、話は、キリスト教の父なる神に背き、肉親の父とは葛藤の状態にあって、父の確実な存在感が稀薄である、という地点にまでしか到達していません）。

もう一つの事態、すなわち、「全く別々になる」という事態のほうはどうでしょうか。〈わたし〉の再帰性の阻害は、もともと、こちらのほうに妥当するでしょう。見る〈わたし〉が見られる〈わたし〉に再帰しないのです（逆もまた、同様です）。メルロ＝ポンティの言葉を再び引用してみます。

見えるものが私を満たし、私を占有しうるのは、それを見ている私が無の底からそれを見るのではなく、見えるもののただなかから見ているからであり、見る者としての私もまた見えるものだからにほかならない。

見る〈わたし〉は、見える〈わたし〉（ここでは、「行いつつある自分」）のただなかから、見ていないのです。見る〈わたし〉は、見える〈わたし〉から分離して、その外にいます。ですから、この二つは「全く別々になる」のです。見る〈わたし〉は、引用文の言葉を使えば、「無の底から」、見える〈わたし〉を見ています。見る〈わたし〉を支えるものは、何もありません。

見る〈わたし〉と見える〈わたし〉が「全く別々になる」という事態と「ゴチャ〱になる」という事態は、二つとも、その原因は、見る〈わたし〉の支えがないということにあるのです。見る〈わたし〉の支えがないから、見る〈わたし〉と見える〈わたし〉とが「全く別々になり」、二つが「ゴチャ〱になる」という事態が生じているのです。草稿の最後に、「自分はどうかしてそれを失ったのだ。何所で自分はそれを失ったろう？」という疑問が記されていました。見る〈わたし〉の支えのなさ、という事態が明らかになったことで、わたしたちは、この疑問にたいする答えに一歩近づくことができました。

では、見る〈わたし〉の支えのなさは、どのようにして生じたのでしょうか。つぎに、そのことについて考えてみる番です。そのためには、死の問題をとりあげる必要があります。人間は、みずからの死を自覚して生きています。みずからの死にどのように応対するか、それは、個人によってももちろん違いますが、それ以前に、文化によって異なっています。キリスト教文化は、死と対決する文化といっていいと思います。死を正視し、復活というしかたで死を超克することによって、永生を求めようとします。そのような希求を受け入れ保証してくれるのが、万物を創造した、唯一絶対のキリスト教の超越神、在りて在る神です。この神を信仰し、神に支えられることによって、死の問題は一応の解決を見ることになります。それにたいして、伝統的な日本文化は、死に親しみ、死と融合する（死のなかに溶けこむ）ことによって、死の問題そのものを解消しようとします。簡単ですが、二つの文化の死にたいする応対のしかたの違いをのべてみました。

これを個人のレベルで見てみると、どのようになるでしょうか。死は〈わたし〉の消滅、無化として、〈わたし〉が生きて存在するかぎり、存在します（〈わたし〉が死んでしまえば、つまり、消滅すれば、〈わたし〉の死という問題も存在しなくなります）。見る〈わたし〉にとって、死は、この〈わたし〉そのものの消滅、無化を意味します。精神的統合点としての〈わたし〉は、見る〈わたし〉という基盤のうえに成立しています。キリスト教文化圏のなかの個人は、一般的にいえば、この見る〈わたし〉の永遠の存在（永生）を神の信仰を支えにして堅持することができるのです。見る〈わたし〉は、神に支えられて、確固として存立することができます。では、伝統的な日本文化のなかの個人は、どうでしょうか。キリスト教のような唯一の絶対的な超越神は存在しませんから、見る〈わたし〉を支えるものは、もちろん、神ではありません。では、何が支えとなるのでしょうか。それは、いってみれば、支えなき支えです。見る〈わたし〉は、死と融合する（死のなかに溶けこむ）ことによって、〈わたし〉の消滅、無化という問題を解消するのです（『城の崎にて』のところでのべた、犠牲の蠑螈《いもり》の死と一体化する死の秘儀のことを思い出してください）。

キリスト教文化のなかの見る〈わたし〉は、神に支えられて、死に対抗しようとしますし、伝統的な日本文化のなかでは、死と融合する（死のなかに溶けこむ）ことによって――つまり、〈わたし〉そのものが消滅、無化することによって――死の問題の解消を図るといいました。志賀直哉の見る〈わたし〉は、自分の内部のこのような二つの文化の葛藤のなかで引き裂かれています。かつて、内村鑑三のもとでキリスト教の神を信じていたとき、志賀直哉は復活後の永遠の生を信じていました。内村鑑三の教えに従おうとしても、自分の「肉体にわく力」ばかりはどうにもならず、復活のときには、「首から上だけで復活してくれないと困る……」と思っていたというエピソードのことはすでにお話しました（八五頁）。そのころの志賀直哉の見る〈わたし〉の根底には、それを支えるキリスト教の神が確かに存在したということです。神の信仰を捨てた後にも、この見る〈わたし〉は、支えを失ったまま残り続けました。そのことは、志賀直哉の死にたいする対応のしかたを見ると明らかになります。

『祖母の為に』（一九一一年十二月執筆、全一）という作品のなかに、死をにらみつけるという場面があります。祖母の具合が悪くなったとき、その死を窺う葬儀社の「白っ児」（これが、死の象徴です）について、「こう云う時、私はきっと部屋の暗い隅を一生懸命に睨んでいる、其処に実際、白っ児の灰色の眼が見えるのではないが、私はそれをこしらえて……それを出来るだけの力で睨《にらみ》つけるのである」と書かれています。『或る男、其姉の死』（全二）という作品は一九二〇年に執筆されています。この作品のなかでは、自伝的な自己の姿が弟の「私」から眺めた兄の姿として客観化されて描かれています。その兄の眼について、「死に反抗もしない代り、又それにも決して打ち負かされないような眼」といわれています。この「死に反抗もしない代り」という言葉は、暗に反抗した時期があったことを、示唆しているように思われます。序章で『城の崎にて』が志賀直哉の決定的な転回を告げる作品でもあるとすでにのべましたが（一九頁）、死に反抗する眼から反抗しない眼への転回がここでもさりげなく語られているのです。死に反抗するというのは、死と対決し死によって消滅、無化しない〈わたし〉を維持しようということですから、別のいいかたをすれば、〈わたし〉の永生を求めるということになります。さらに、『暗夜行路』（全五）のなかの謙作の「日記」から引用してみましょう。

例えば永生という考でも、子供の頃は此身の永生でなければ感情的に満足出来なかった。

……然し永生は、個人々々のそれはどうでも差支えなくなった。同時にその信仰も持てなくなった。ただ……人類の永生、これだけはどうしてもあって呉れなければ困るという感情になっている。やがては此感情からも解脱するかも知れない。解脱した思想がある。（全五、一一五）

引用文は、これまでのべてきたことを裏打ちし、解説してくれるような文章です。子供のころには、「此身の永生」を感情的に願っていたこと、やがて、個人の永生を信じる信仰を持っていたこと、その後、その信仰を持てなくなったこと。そして、いまは（こう語っている現段階では）、人類の永生を願っているというのです。人類の永生を願い、求める気持ちも、死にたいする反抗の一種です。個人の永生のように直接的にではありませんが、個人の永生をそこへと託すことによって間接的に死を超克しようとするものだからです。興味深いのは、この人類の永生を願い、それを求める気持ちからも「解脱する」といわれていることです。作者自身は「解脱した」後に、解脱前の主人公謙作にこういわせているのです。

「解脱する」というのは、もちろん、宗教用語で、煩悩などから解き放たれて悟りの境地にいたることを意味します。人類の永生を願うことは、少しも悪いことではありませんし、困ったことではないはずです。何故、解脱する必要があるのでしょうか。問題は、人類の永生のほうにあるのではなく、それを願う謙作の〈わたし〉のありかたのほうにあるのです。つまり、個人の永生を求めて死と直接的に対決するのではありませんが、人類の永生を求め、その永生に個人としての自己の生を帰属させようとするしかたで、間接的にではありますが、死と対決する〈わたし〉が――しかもこの〈わたし〉は支えのないまま――やはり存在するからです。作者が謙作に語らせている「解脱」というのは、このような〈わたし〉から解脱することを意味しているのです。この解脱が成就することによって『暗夜行路』における「転回」が完結します。最後に登場する大山の場面は謙作のこのような解脱を、そしてまたそこに開けている光景を描いたものなのです（そのことはまたさきでのべることにします）。

さて、話を草稿の文章にもどしましょう。この草稿にかんしてもう一つだけお話しておきたいことがあります。草稿に、「臨済が勧めている物はそれに相違ない」と書かれている箇所があります。「それ」というのは、「自分の中の根本的な一ヵ所」（＝「自分を統一する根本の一つのもの」）のことです。つまり、九世紀の中国の禅者臨済が、作者が求めている自分のなかの「根本的な一ヵ所」について、まだはっきりとはわからないけれども、どうも語っているようだ、というのです。この予想は正しかったように思われます。志賀直哉は、臨済について、ここでは、それ以上のことを語ってはいませんが（以前にもいいましたように、志賀直哉にとって大切なのは、かくかくしかじかであると語るのではなく、それを生きることにあります）、わたしたちは、ここで回り道をして、それがどのようなことであったのか、推測してみたいと思います。

志賀直哉が読んだのは、臨済禅師の一代の言行を記録した『臨済録』だと思われます。この書のなかで臨済が語っている最も肝要な事柄は、例えば、「心法無形、十方に通貫す。……一心既に無なれば、随処に解脱す」(「心は形がなくて、しかも十方世界を貫いている。……根本の一心が無であると徹底したならば、いかなる境界に入ってもとらわれることはない」)というこ とばで表現されています(朝比奈宗源訳註の岩波文庫版を使います。四四、四五頁)。しかし、このこと自体は、特に臨済が新しく語ったことではありません。これは、仏教の核心を表現したもので、同様のことは、様々な仏典のなかに語られています。たとえば、『金剛経』の有名な句「応無所住而生其心」(まさに住する所なくしてその心を生ずべし)がそうです。臨済が説いたことで新しいのは、心の視座(といっておきますが)にあります。『臨済録』から引用してみます。読み下し文は省略して訳文だけを示します。

今日、仏法を修行する者は、なによりも先ず真正の見解を求めることが肝要である。もし真正の見解が手に入れば、もはや生死に迷うこともなく、死ぬも生きるも自由である。……このごろの修行者たちが仏法を会得できない病因がどこにあるかと言えば、信じきれない処にある。お前たちは信じきれないから、あたふたとうろたえいろいろな外境《げきょう》〔外の対象〕についてまわり、万境《ばんきょう》〔すべての対象〕のために自己を見失って自由になれない。お前たちがもし外に向かって求めまわる心を断ち切ることができたなら、そのまま祖師であり仏である。お前たち、祖師や仏を知りたいと思うか。お前たちがそこでこの説法を聞いているそいつがそうだ。（同書、四〇頁）

訳文の最後の、「お前たちがそこでこの説法を聞いているそいつがそうだ」という部分の読み下し文は、「祇《ただ》、儞《なんじ》が面前《めんぜん》聴法底《ちょうほうてい》是れなり」です。「儞が面前」という言葉は、「お前たちがそこで」と訳されています。文字どおりに訳せば、「お前たちの面前（で）」ということになるでしょう。「面前」（訳文では「そこ」）とは何処のことなのでしょうか。臨済は、「仏道修行者の究極の安心の場」は「諸仏の本源」にある、と説いています。それは、どこに存在するのでしょうか。もう一箇所（訳文を）引用します。

お前たちの肉体が説法を理解するのでもなく、お前たちの五臓六腑が説法を理解するのでもなく、また虚空が説法を理解するのでもない。では、いったい何が説法を理解するのか。お前たちの目前にはっきりと存在し、これという形は無いが、自ら明らかにその存在を意識しているもの、そいつが説法を理解するのだ。もし、このように見究めたならば、その人は祖師や仏と同じで〔ある〕。（同書、四二頁）

訳文のなかほどに、「お前たちの目前に」という箇所があります。読み下し文では、この箇所は「儞が目前」です。さきほどの「面前」は、この「目前」と同じものを指しています。ではこの「目前」とは何処のことなのでしょうか。臨済は、この言葉を度々使っています。いくつか例を挙げてみます。「修行者が少しでも眼をきょろつかせたならば、もういけない。ああかこうかと心をかまえたらひっ違い、念を動かしたらそむく、ここが呑込めたら、無依《むえ》の道人《どうにん》はいつも目の前にいる」（一〇一頁）。「いつも目の前にいる」という箇所の読み下し文は「目前を離れず」です。なお、「無依の道人」というのは、「何ものにもとらわれない修行者」（中村元『広説佛教語大辞典』東京書籍）のことです。「求めようとすれば却《かえ》って遠くなり、求めなければ自然に目の前に」ある（一〇二頁）。「目の前に」ある、の部分の読み下し文は「目前にあり」です。「お前たちの目前で、はっきりと見たり聞いたり照り輝いているもの」（一一七頁）。「お前たちの目前で」の部分の読み下し文は「儞が目前」です。

「目前」とは何処か、と問うてみました。それは、仏像に表現されています。左右の眼の中央少し上にある百毫《びゃくごう》の位置がそこです。普通の仏は百毫ですが、明王像などは、この位置に第三の眼がついています。また、東大寺の不空羂索《ふくうけんじゃく》観音像や唐招提寺の千手《せんじゅ》観音像などの場合は、第三の眼と百毫が縦に並んでついています。この位置、そこが臨済が語っている「目前」の位置です。臨済は、そこへ帰れというのです。

お前たち、時は惜しまねばならぬ、それだのに、お前たちは外に向かってせかせかと、それ禅だそれ仏道だと、名相《みょうそう》や言句を覚え、仏を求め祖師を求め、善知識を求めようと努力する。間違ってはいけない。お前たちには立派なひとりの本来の自己がある。この上に何を求めようとするのか。お前たち、自らの上に取って返して見よ。(四七頁)

「目前」も「面前」も、目の当りにする、というときの「目の当り」を意味します。仏像の眼は、半分閉じて、半分開いています。これを仏の半眼といいますが、どうしてこのような眼をしているのか、考えてみましょう。普段、外界の対象を見ているとき、視線は内部のある地点から外へむかっていますが、続けて、自分の内部を見ようとすると、視線を外から内に反転させせねばなりません。つまり、普段はそのような(=反転させねばならないような)視座からものを見ているわけです。肉眼を全部閉じると、外界は消えて何も見えなくなります。見えているのは暗闇だけです。しかし、このようにして外界の影響を排除してみると、その闇を見ている視座が意識されるようになります。この視座からは、さきほどのように視線を反転させる必要はなく、内面がそのままでよく見えます(人は熟慮するとき、よく眼を閉じますが、閉じるのはそのためなのでしょう)。ところが、仏像の眼は半分閉じて、半分開いています。実際にやってみるとわかりますが、こうすることによって、外界が半分消失し、視界の上半分が暗闇になるだけではなく、外界は全部閉じたときと同じ視座から見えるようになります。つまり、この視座からは内と外とが同時に見えるのです。閉じた上半分の暗闇と開いた下半分の外界の光景との境界に視線を注ぐとき、この視座からは、内と外を一挙に見ることができます。その視座が位置するのが、百毫のところにある第三の眼であり、そこが「目の当り」、すなわち「目前」であり「面前」なのです。

この視座は独特の視座です。ここからは内も外もすべてが一挙に見えます。ただし、内も外もすべてを同時に一挙に見渡すことができるのは、その視座にいる見る〈わたし〉が何の「造作」(「ああこうと求めるところがあってするはたらき」)もしないときに限られます。臨済はいっています。「無事是れ貴人、但、造作すること莫れ、祗是れ平常なり」(自己が本来の自己であることが最も貴いのだ。だから絶対に計らいをしてはいけない。ただ、あるがままがよい)。見る〈わたし〉はそこに存在するのですが、その〈わたし〉は、「無事」(作為無く自然のままであること)でなければならず、「造作」してはならず、「平常」(あるがまま)でなければならない。つまり、〈わたし〉は無に等しく、鏡のように、すべてを映すだけである、ということです。

見る〈わたし〉が無であれば(哲学者の西田幾多郎は、そのことを「見るものなくして見る」といっています)、〈わたし〉はもはや生滅に直面することはありません。「真正の見解が手に入れば、もはや生死に迷うこともなく、死ぬも生きるも自由である」と臨済がいうように、いわゆる「生死を解脱する」のです。「一心既に無なれば、随所に解脱す」(根本の一心が無であると徹底したならば、いかなる境界に入ってもとらわれることはない)というのは、こういうことですし、そのとき「心法無形、十方に通貫す」（心は形が無くて、しかも十方世界を貫いている）のです。（蛇足ですが、生死を解脱したからといって、その人がもはや死なないというわけではありません。臨済が語っているのは、あくまでも、生きているあいだのことです。生きているあいだ、生死にわずらわされずに、自由に――放恣に、という意味ではありません――生きよ、という教えなのです）。

志賀直哉は、「自分の総ての力を盡す所は自分の中の根本的な只一ヵ所だけである」、「臨済が勧めている物はそれに相違ない」と書いていました。臨済の語録を検討してみて明らかになったと思いますが、志賀直哉は、支えのないまま存在し続ける〈わたし〉からの脱出を、いいかえると、この〈わたし〉の無化を求めていたということです。

以上、長くなりましたが、「暗夜行路草稿6（資料）」についての話を終えました。つぎに、一四〇頁で引用しました「私と東洋美術」の文章について話をすすめたいと思います。そこには、一九一二、一三（大正一、二）年のころ、尾道に住んでいた前後に、「精神的に非常に苦しく、神経衰弱でもあって、やり切れない気持ちで」東洋画に親しむようになった、と記されています。それまでは、西洋の美術に惹かれていたけれども、「そういう精神状態の時には動的な要素の多い西洋美術では慰められる事が少なかった。どういうキッカケか、東洋の古い画を見、心の静まるのを覚え、以来、尾道の往復には必ず京都に寄って、博物館とか寺々に行ってそういうものを見る事によって、不安な苛々した気分を静めた」というのです。
「そういう精神状態」――「精神的に非常に苦しく、神経衰弱でもあって、やり切れない気持ち」と書かれていますが――、その内実がどのようなものであったか、同じ時期に書かれた「暗夜行路草稿6（資料）」の文章を手がかりにして考察してみたわけです。ここで、西洋美術は、「動的な要素が多く」、「慰められる事が少なかった」のにたいして、東洋の古い画を見ると、「心の静まるのを覚え」、「不安な苛々した気分を静め」ることができたと書かれていることに注目してみましょう。このことは、「暗夜行路草稿6（資料）」の文章と臨済とについてこれまでのべてきたことと無関係ではないと考えられるからです。

西洋美術はパースペクティヴ（透視画法）の視座にもとづいて描かれています（ルネサンスに成立した、いわゆる、遠近法の視座のことです）。デューラーの銅版画に描かれているように、[1]画家は、固定した一点から対象（世界）を眺め、鑑賞者も原則としてその一点から描かれた絵を眺めます。その地点は、画面のなかの消失点上に画面にたいして垂直に立てた直線のこちらがわにあるわけです。世界は、この固定した一点（視座）に対立して、対象として存在します。あらゆる事物がこの視座から、ある一定の距離をおいて存在し、この視座のまわりに空間が成立します。また、自然がこの視座に立つ人間に対立して、対象として成立するのです。自然と人間との関係ばかりではなく、人間と人間との関係においても、この視座に立つ人間にとって、相手は他者として存在することになります。相手が他者として存在することによって、その他者の他者性にたいする自己の自己性、つまり「個性」がここに誕生します。

　パースペクティヴの視座としての固定した一点は、十七世紀にいたって、哲学者デカルトのいわゆる「考える〈わたし〉」――デカルトは、ご存知のように、この〈わたし〉のことを「確固不動の一点」と呼んでいます――として思想的に確立されました。デカルトの場合、哲学思想ですからわかりやすいのですが、固定した視座としての一点を、確固として支えているのはキリスト教の神です（デカルトの「確固不動の一点」としての〈わたし〉の存在が確実であることを保証しているのは、神は誠実だから欺くことはないという信仰にあります）。神を支えにすることによって固定した一点が成立し、この視座に立つことによって、人間は空間と自然と人間の個性とを発見した、ヨーロッパ近世の世界観の特徴を概説すれば、そういうことになるでしょう。

　中世の時代とは違って、ルネサンス以降の西洋の美術は、新たに発見されたこの空間を舞台にして、自然を背景に様々な人間のドラマを描くようになりました。志賀直哉が、西洋美術は「動的な要素が多く」、「慰められる事が少なかった」と語っているのは、このような動的なドラマ性にその原因が求められるでしょうが、「動的で」、「慰め」を見いだせなかった、そもそもの原因は、その背後に潜む、視座という根底の次元において、西洋美術が当時の志賀直哉とは相容れない問題をはらんでいたからである、ということができると思います。志賀直哉は、かつて神を支えにしていた、しかし、いまはその支えを失っているのですが、なおも存在し続ける、まさにこの視座そのものに苦しめられていたのですから。

では、何故、東洋の古い画を見ると、「心の静まるのを覚え」、「不安な苛々した気分を静め」ることができたのでしょうか。東洋の古い画（西洋の絵画にたいして、こういっているわけで、中国の絵画ももちろんふくまれているでしょうが、主として日本の絵画と受けとめてよいでしょう）の特徴はどのようなところにあるでしょうか。ルネサンス以降の西洋の美術と対照させるとわかりやすいのですが、東洋の美術は西洋の美術にくらべて、一般的に、いかにも静かな感じをあたえます。その静けさは、画家の視座のありかたからきています。西洋の美術のように、世界を固定した一点から眺めるのではなく、描く対象——といいたくなりますが、ことばの正確な意味で、対象は成立してはいませんから、物というほうがよいでしょう——に即して、画家の視座は固定しておらず、自由自在に動く、いいかえると、物に従い、物とともにある、ということができると思います。物に従い、物とともにある、というのは、ある物を遠くから眺めている場合でも、画家の眼が、画面そのものの外には決して出ることはない、ということを意味します。

このことを理解していただくためには、哲学者ヘーゲルの「ヨーロッパ精神は自己にむかいあって世界を定立し、自己を世界から解放する」ということばを借りて説明するのがわかりやすいかもしれません。ヨーロッパ精神——ルネサンスの固定した一点としての視座、あるいは、デカルトの「確固不動の一点」としての〈わたし〉のことです——は、世界から自己を解き放つことによって、自己が世界の外に出ます（このことは自己意識によって可能になります。〈わたし〉が〈わたし〉を意識する、そのとき、意識する〈わたし〉は意識される〈わたし〉をふくめた世界の外に出ています）。世界の外に出ることによって、自己は世界を、自己に対立するものとして対象化する、ヘーゲルはそういっているのです（ちなみに、〈わたし〉や世界を意識する〈わたし〉がどうして世界の外に出て確固として存在することができるのかといえば、世界の外に超越して存在するキリスト教の神の信仰がその〈わたし〉を支えてくれるからです）。

このような〈わたし〉が存在することによって、空間は〈わたし〉のまえに展開する幾何学的空間として成立するのです。東洋の美術には、このような視座は存在しません。画家の眼は、画面のなかに描かれている物からどのように遠ざかっていても、画面の外には出ていないのです。画面（ここでは、世界のことですが）を決して越え出ない、つまり、画面に内在する、いいかえると、画面につつまれて画面に溶けこんでいる視座、この視座こそが、東洋の美術の静けさを生み出しているのです。志賀直哉が、東洋の美術を眺めることによって、「心の静まるのを覚え」、「不安な苛々した気分を静め」ることができた根本的理由は、絵の世界に入りこむことによって、外に出て支えを失ったみずからの視座を打ち消し忘れさせてくれるこのような視座がもつ特性にあったように思われます。

古来、日本人は、壁や襖や屏風や掛け軸などに描かれたこのような絵画に囲まれて生活してきました。折にふれて、これらの絵画を眺めては、心の落着きと安らぎを見いだしていたのではないでしょうか。志賀直哉の場合、心の内面に近代的な視座と伝統的な視座とが惹き起こした葛藤をかかえて苦しんでいたからこそ、東洋の美術があたえてくれる慰めも、はっきりそれと自覚されるような強いものであったのだといえそうです。

さて、すでに考察を終えた文章ですが、「暗夜行路草稿6（資料）」のなかに、「自分はこういう状態が段々烈しくなれば生きてはいられない」と書かれている箇所があったのを覚えておられるでしょうか（一四五頁）。『児を盗む話』（全二）という作品は、そのような時期に書かれた作品です。これは、発表されたのは一九一四（大三）年四月ですが、書かれたのは尾道時代でした（一九一三年一月）。作者はこの作品について、「尾道生活の経験で、半分は事実、児を盗むところからは空想。然し此空想を本気でしたことは事実」と語っています（「続創作余談」全八）。この作品のなかに、作者の「私」が、町へ出ようとして線路の踏切にさしかかる場面があります。この場面は「児を盗むところ」よりもまえ、つまり「事実」の部分ですが、引用してみます。

踏切りの所まで来ると白い鳩が一羽線路の中を首を動かしながら歩いていた。私は立ち留ってぼんやりそれを見ていた。「汽車が来るとあぶない」というような事を考えていた。

それが、鳩があぶないのか自分があぶないのかはっきりしなかった。然し鳩があぶない事はないと気がついた。自分も線路の外にいるのだから、あぶない事はないと思った。そして私は踏切りを越えて町の方へ歩いて行った。

「自殺はしないぞ」私はこんな事を考えていた。

線路のなかを歩いている鳩と、それを見ている「私」（＝〈わたし〉）がいます。その「私」は、線路の外側にしっかりと足を地につけて線路のなかにいる鳩を見ているのではありません。足もとはおぼつかなく、見ている「私」は、思わず鳩のところに引き寄せられてしまうほど、たゆたうように危ういのです。これは白昼の出来事ですが、精神の足もとがもっと不確かになると、たとえば、夜の暗闇のなか、線路際を歩いていて、むこうから走ってくる列車の機関車の照明のライトに、誘蛾灯に吸い寄せられる虫のように、吸い込まれてしまい列車に跳ねられるということも起こりうるのです。志賀直哉の場合は、まだ冷静に判断できる理性が残っていました。線路のなかの鳩があぶないはずはないし、線路のそとにいる自分もあぶなくはない、と気づくのです。だから、あぶないのは自分の存在そのもののありかたであったという認識も生まれます。そこから、「自殺はしないぞ」という考えが生じているのですが、しかし、この考えは、どこか非意志的で、「私」が考えた、というよりも、あたかも自然にどこからか湧き出てきたかのようです（前段の、「汽車が来るとあぶない」というような事を考えていた、

という この考えも全く同様です)。

一九一三(大二)年十一月に志賀直哉は尾道をひきあげて帰京します。尾道滞在は(途中たびたび上京してはいますが)ほぼ一年続いたわけです。帰京しても父の家に戻るつもりはありませんでした。十二月十一日の日記には、「自家との関係を奇れいに断つ事は淋しい心に時々自分をする、然しその反対の時もある、前のような場合の心持には根はない。それは長い習慣から来る心細さで、それに負けてはならぬ」と記されています。ほどなく、大森山王に移り住み、翌年五月には、再び東京を離れて島根県の松江に住まいを定めます。夏目漱石から新聞の連載小説の執筆を勧められ、喜んで承諾したことはすでにお話ししましたが、それは、この年、つまり一九一三年、の十二月末のことでした。志賀直哉は当時ちょうど書き進めていた父と子の不和対立をテーマにした自伝的な小説をそれに当てようと考えて努力します。しかし、うまくいきませんでした(このとき書き進められた一連の草稿は、後に抜本的に手をくわえて『暗夜行路』として完成をみます。わたしたちの話もこれらの草稿を素材にして進めていることを申し添えておきましょう)。結局、翌一九一四(大三)年の七月に、松江から上京して漱石を訪ね、執筆を辞退するにいたります。新聞小説の執筆に挫折することによって志賀直哉は、最初の、しかも、最大の精神の危機に直面し、父との葛藤の問題は頂点に達します。その経緯をたどってみることにしましょう。

『和解』のなかに、松江時代に計画された長編小説の構想について語っている箇所があります。ここで注目したいのはその「最後に来るクライマックス」の部分です。それは「祖母の臨終の場に起る最も不愉快な悲劇」でした。志賀直哉は主人公の青年に自分を託しつつ「その青年と父との間に起る争闘、多分腕力沙汰以上の乱暴な争闘」の場面を想像しています。その結末として「父がその青年を殺すか、その青年が父を殺すか」、そのどちらかを書こうと構想していました。さらに作者はこのことについて、「父と自分との間に実際起りうる不愉快な事を書いて、自分はそれを露骨に書く事によって、実際にそれの起る事を防ぎたいと思った。見す見す書かれたようには吾々も進まず済ませる事が出来ようと思ったのだ」と断り書きを添えています。

ここからわかるように、自分が父に殺されるか、それとも自分が父を殺すか、という二者択一の問題は、当時の志賀直哉にとって不可避の可能性をもつ問題として迫っていたのです。いいかえますと、志賀直哉にとって父という存在は、それが存在し続ければ自分は死ななければならず、自分が存在するためにはそれを殺さなければならない、という、殺すか殺されるか、そのどちらかしかありえないという自己の存在の可能性そのものを決する死活の問題となっていたのです。どうしてこのような事態に立ちいたったのか、その原因はいろいろあるわけですが（この本はその全体像を描きだそうとしているわけです）、直接の原因は、当時の志賀直哉の自己の存在のありかたの危うさにあったということができるでしょう。「暗夜行路草稿6（資料）」についてすでにお話ししましたように、志賀直哉は、「自分はこういう状態が段々烈しくなれば生きてはいられない」というほどの自己の分裂に苦しんでいました。また、踏切で線路のなかを歩いている鳩に触発されて「自殺はしないぞ」という考えが思わず湧いてくるほど自己の存在感はあやふやでした。

父に殺されるか、それとも父を殺すか（といういいかたをしていますので、フロイトの父親殺しの理論を思い出された方もいるかもしれませんが、さしあたり関係はないものと考えてください）、この二者択一の極限状況は、自己の存在の自立に挫折するか、それとも確立にむかうか、という、当時の志賀直哉にとって切実な問題だったのです。

青年期の息子が父親をバットで打ち殺したという事件が新聞の三面記事に時々出ます。志賀直哉自身も、すでにお話しましたように、昔、大学の制服のことで父と争ったときに、激昂してあやうく父に暴力を振いかねないところまでいったという経験をしているのです。ですから、さきほどの長編小説の構想のなかで「最後に来るクライマックス」の「悲劇」を思い描いたとき、昔の自分の経験を思い出していたはずですし、その悲劇は当然、自分の経験の延長上にあったはずです。しかし、父を殺すか父に殺されるかというこの争いは、かつての争いと違って、小説の構想のなかの出来事である、いいかえますと、現実の生活のなかの出来事ではなく、内面化されている（対象化されている）ということに注意すべきです。内面化されることによって、事態はそれだけ鮮明になっているし、また、先鋭化しているということができるのです。

まず、事態が鮮明になっているということについていえば、それは、父との争いが、盲目的に暴力として現実の外の世界に噴出するのではなく、内面の出来事として（対象化されて）見据えられているということです。それにたいして、先鋭化しているという方の事情は、もう少し複雑です。いま、父を殺すか父に殺されるかという争いが小説のなかの出来事として構想されているわけですが、何故、作品のなかの出来事とはいえ、作者は父を殺さなければならないのでしょうか。それには、すでにのべたことですが、二つの理由があると思われます。まず第一に、息子が自由にのびようとする道に父が立ちふさがり、息子の歩みを踏みつぶそうとするからですし（一三五頁）、また、自己の自立的存在の確立において働くキリスト教的要素があります。「わたしよりも父や母を愛する者は、わたしにふさわしい者ではありません」と説くイエスは、「わたしが来たのは地に平和をもたらすためだと思ってはなりません。……わたしは人をその父に、……逆らわせるために来た」のです、と語っています。イエスは、血縁という自然に拘束された父との関係を超えて、世界を超越した父なる神のもとへと移行するように促しているのです（この移行によって、自己は血縁という自然から解き放たれて自立するのです）。

そのことは、肉親への愛がなくなるというのではなく、肉親の愛は――異性間の愛も同様ですが――神の愛によって基礎づけられた愛へ変貌することを意味します。血縁の愛がすべてである日本文化とは違って、キリスト教世界では愛は超越するのです。ちなみに、超越するのは愛だけではありません。思考も、デカルトやヘーゲルに見られるように、世界を超越し世界の外に出ます。日本が明治以降に輸入した近代的思考の近代的であるゆえんは、この点にあります。志賀直哉が、いま、直面している、父を殺すか、それとも父に殺されるかという問題は、そのような局面に関わりのある問題であることを申し添えておきたいと思います。

さて、事態が先鋭化しているというお話の途中でした。ここで注意しなければならないのは、父を殺して自己の自立した存在を確立しようとするか、それとも、父に殺されて挫折するか、という選択すべき道が二者択一以外には存在しないという事態（くり返しになりますが、これは小説の構想のなかにおいてです）が、自己の分裂に苦しみ、自己の存在感が稀薄な状況のなかで生じているということです。父との争いの場面に生じるこの出来事は、いまイメージの世界のなかで対象として見られているわけですが、それを見つめる〈わたし〉は極度に不安定な状態にあります。いいかえますと、父を殺すか、父に殺されるかという自己の自立した存在の確立の問題は、小説の構想のなかの出来事として対象的に見られているばかりではなく、それを対象として見ている〈わたし〉そのものの問題であり、〈わたし〉そのものが、この二者択一の状態のなかで不安定に揺れているということです。父との争いが内面化しているというのは、このようなしかたで事態が自己の存立そのものの、いいかえますと、作家としての視点の問題として先鋭化しているということなのです。

父との争いの結末はどうなったのでしょうか。『和解』にはつぎのように書かれています。

ところが不意に自分にはその争闘の絶頂へ来て、急に二人が抱き合って烈しく泣き出す場面が浮んで来た。この不意に飛出して来た場面は自分でも全く想いがけなかった。自分は涙ぐんだ。

まったく予想もしなかった光景が不意に浮かんできて「涙ぐんだ」というのです。不意をつかれたこの血縁の情によって父との不和・対立がすぐに解消するというわけではありませんでしたが、この情は父との和解につながる導きの糸となりました。しかし、いま、この時期において肝要なのは、この出来事が二者択一の事態を不鮮明にしてしまったことにあります。父を殺すか、それとも父に殺されるかという結末は瓦解してしまいました。そのことによって、この二者択一の事態を自己存在のありかたそのものの問題として見据えていた眼、つまりは作家としての視点そのものが、崩壊してしまいます。『和解』の別の箇所に、「或る期間創作に筆をとる事はよそうと決心した事があった」と書かれているのはこの直後のことです。執筆を中断した理由は、「その前後の自身の精神状態が余りに悪く如何にも惨めな貧しい心で、そんな自分が放射的な創作と云う仕事をしようというのが最初から間違った事だと考えたからであった」と書かれています。志賀直哉は、〈わたし〉の分裂に苦しみ、〈わたし〉の存在感が稀薄な状況のなかで苦しんでいたのですが、作家としての〈わたし〉の存在のありかた、つまりは、さきほどいいましたように、作家としての視点そのものがこうして崩壊してしまうのです。一言でいえば、書けなくなったのです。

内面における父との葛藤の問題は、この問題そのものに足をすくわれて作家としての視点を見失うという形で頂点に達しました。さきほどの引用文のなかに、「如何にも惨めな貧しい心で、そんな自分が放射的な創作と云う仕事をしようというのが最初から間違った事だと考えた」、と語られていますが、これは、一九一四年の十月に書かれた「死ね〳〵」と題する草稿（草稿には、執筆時期が大正三年十月十八日夜、と明記されています）にも関わることばです。この草稿には、その題名が示すとおり、「僕」が、父にたいして死ねばいいという思いがふと浮かんでくるのを禁じえないと書かれています。『濁った頭』についてのべたときにすでにお話したことですが、志賀直哉は「殺そうと思うより早く死ね死ねと思う心は残忍だ」と倫理的に考え、嫌悪感をいだく人です。この草稿のなかでも、「これは弱い人間に直ぐ起る考え」で、「色々な罪悪の中で他人を死ねばい丶と思う心ほど気持ちの悪い罪悪はない」と語っています。父を殺すことに挫折する（もちろん、作品の構想のなかにおいてですが）ことによって、作家の視点は、いわば、陥没してしまいます。能動的に殺すことができなければ、父の圧迫から逃れるすべは、消極的に他力によって死ぬことを願うほかなくなります。いま、「僕」は、自分がもっとも嫌悪する、「残忍」で、これほど「気持ちの悪い罪悪はない」という罪深い感情を父にたいしていだいているというのです。「如何にも惨めな貧しい心」というのは、そのような心を意味しているでしょうし、「そんな自分が放射的な創作と云う仕事をしようというのが最初から間違った事」である、というのは、作家としての視点が陥没してしまった無気力な自分のことを語っているのです。

このような思いをいだくきっかけをなしたのは、「一昨日」に聞いた、ある叔母の「お父さんは本統の所全くお前に愛はないと云うてなさるそうだ。死ねばいゝと思ってなさるそうだ」ということばでした。叔母のことばを聞いて、「僕」には、過去の父にかんするさまざまな記憶がよみがえってきます。最近の、決定的だった出来事は、前年の夏の山の手線の事故のことでした。文字通り九死に一生をえたこの事故にあって、「僕は運命というような何かしらん眼に見えない「もの」に対する或る感じを持って、而して感謝した」と「死ね〳〵」草稿には書かれています。ところが、「僕」は「助かった事を心から喜べないでいる人のある事を……感じた」というのです。父は、この不慮の事故が起きたとき、「いっそ死んでくれてもよかった」という考えが湧かずにはいなかったろう、と「僕」は感じた、といいます。「僕」にとって決定的だったのは、「父は遂に一度も病院には来なかった」という事実でした。

同じ草稿のなかに、作者は、「心の奥底には絶えず、父から愛されたいという欲望が燃えていた」、あるいは、「僕は父に対しては何か一寸でも自分に対する愛のシルシを見たいと望んでいた」、父の愛に「餓えていた」と書いています。ですから、「父の望んでいた事は僕が死ぬ事だったのだ。……僕が死んだら父は必ずホッと息をついたろう」と感じてしまうのは、求めて得られない愛の裏返しの感情であると、読者としていうのはたやすいことです。しかし、作者自身にとっては、父の愛は、いまだ存在してはいないのですから、何の解決にもならないわけです。この草稿で注意すべきことは、作者が、「僕は自分の心持に生き残っていてどうしても死なない、血の上の愛情を感ずる点で、どうしても同じ物が父にも残っていねばならぬ筈だ」と語っていることと、他人にたいしては最初から終わりまで縁のなかった者と考えることができるが、「然し父にはそれができない。父という者なしに自分の存在を考えられない点に妙に気持ちの悪い呪いが未だ身につきまとうのを感ずる。自分の存在を思う時に父の存在していた事は呪えない」と語っている言葉です。「血の上の愛情」と血縁の父の存在なしには「自分の存在」はありえない、という密接に関連する二つの思い、父との不和・対立の解消の路線は、最悪の精神状態のなかにありながら（あるいは、むしろ、それ以上悪くなることはない精神状態のなかにあって、といったほうがいいかもしれません）、ここに明確に設定されているということができるのです。

注

（1）次図は、ルネサンスの時代に成立したパースペクティヴ（透視画法、遠近法）の手法を説明するためにデューラー（一四七一～一五二八）が使用した銅版画です。この銅版画はパースペクティヴにおける画家の眼（〈わたし〉）の位置とそのありかたをよく示しています。

画家がいま、モデル（対象）を前にして坐っています。画家とモデルの間には木の枠が立ててあり、

図2　デューラーの銅版画

その枠には縦と横に糸が張ってあります。縦糸と横糸の間隔は実際にはもっと狭いのでしょうが、説明をわかりやすくするために間隔が大きくあいていると考えてください。その縦糸と横糸の線と同じ（か、相似形の）線が机上の画布にも引いてあります。画家はモデルの身体の各部分を細かく丹念にたどりながらそれぞれの部分が見える木枠の縦糸と横糸上の位置に対応する画布上の地点にしるしをつけていきます。すべての部分をなぞり終えたあとで、画布上にしるした点をつなげばモデルの輪郭ができあがるわけです。そのさいに重要なことは画家の眼が固定されていて動かないということです。そのために先がとがった細い棒が机上に立ててあり、画家は片方の眼だけを使って（他方は閉じて）棒の先端のところからモデルを見つめています。

このような描きかたをパースペクティヴ（透視画法。遠近法とも訳される）といいます。透視画法と訳すのは、ある透明な平面（この場合、木枠に張ってある縦横の糸が形成する平面、ガラスでもいいわけです）を透かして対象を見る（＝透視する）画法だからです。画家の片方の眼が位置する固定した一点と対象（モデル）のそれぞれの部分を結ぶと一点から発する放射状の立体的な視線の束ができますが、透視画法はその視線の束がこの透明な平面を通過する無数の点をつなぐことによって透明な平面の位置で対象の輪郭を描くということです。固定した一点から見ている眼に見える対象を透明な平面のところでとらえて表現する、これがパースペクティヴの手法なのです。

対象を固定した一点から見るこのような視点のことを、パースペクティヴの視座とよぶことにしますが、この視座は、表現しようとする対象を自分の前方の透明な平面のところでとらえるわけですから、そこにおいてとらえられた対象（を描いた絵画の画面）の外にあります。つまり、パースペクティヴの視座は、対象との間に透明な平面を置くことによって、対象（この視座から見える対象、とともに、表現される対象）を自分の前方、自分の外に、置く（定立する）のです。この視座が確立されたあとで、間にあった透明な平面を取り去ると、この視座と対象との関係はたんなる絵画の領域にとどまることなく普遍的な関係になります。事態はそのように進展しました。

パースペクティヴの視座は対象を自分の前方に（外に）定立することによって、対象をまさに対象（対象というのはドイツ語で Gegenstand といい、「対して立つもの」を意味します）として成立させるのです。パースペクティヴの視座が確立されることによって、デューラーの銅版画の例で示したような絵画のモデルはもちろんですが、自然や世界そのものがその外から対象として見られるようになります。ルネサンスの時代に自然が発見されたといわれるときに、その自然というのは、中世におけるような個々の対象としての自然ではなく、自然の外に出て外から眺められた、すなわち、対象化された一つの全体としての自然なのです。

パースペクティヴの視座は、描かれた絵画の画面の外にあります。しかし、その位置は画面のなかに表現されます。デューラーの銅版画でいえば、その位置は視座（固定した一点、つまり棒の先端の位置）から縦糸横糸が形成する透明な平面に垂直線をおろしたときこの平面と交差する地点（それを机上の画布に写した地点）です。この点を消失点とよびます。何故かといえば、決して交差するはずのない平行線が、画面に平行ではない、つまり遠方にむかっている場合には、画面上のこの地点にすべて収束しそこで消滅するからです。絵画の画面の消失点の位置に垂直線を立てて、線上で手前のほうにしかるべき距離をとれば、そこに画家のパースペクティヴの視座が位置しているのです。

序章で紹介しましたマッハの自画像はこのようなパースペクティヴの視座のところにいるマッハの〈わたし〉を描いたものです。マッハのスケッチとデューラーの銅版画とを結びつけて考えてみますと、つまり、デューラーの銅版画の画家をマッハだとしますと、デューラーの銅版画は、対象を見ているマッハ（＝画家）の姿を、見られている対象と見ている（＝画家）ともどもその側面から描いているということになります。

ちなみに、ルネサンスの時代に確立されたパースペクティヴの視座、世界をその外の固定した一点から眺めるという、この新しいものの見かたは、いまだ感覚・知覚的な拠点にすぎませんでした。しかし、それから二百年を経て、やがて哲学者のデカルトがこの視座を対象化してものを考える拠点として確立することになります。

第五章　〈わたし〉の消滅——血縁の父と自然との和解

志賀直哉の執筆中断は、一九一七（大六）年の春まで続きました。その間に書かれたのは、いくつかの小品だけです。『和解』のなかに、「或る期間創作に筆をとる事はよそうと決心した事があった」という文章に続けて、「そしてそのまま自分は最近まで殆ど何も書かなかった。偶《たま》に書けば直ぐ失敗した」と語られているとおりです。一九一七年の春に執筆されたのが『城の崎にて』と、『佐々木の場合』です。そして、この年の八月三十日に父との和解が成立し、九月には『和解』が一気に書きあげられます。しかし、和解にいたるまでに志賀直哉はもう一つの精神の危機を経験することになります。その危機についてのべるまえに、この年（一九一四年）に生じたいくつかの重要な出来事について記しておかねばなりません。

一九一四年七月の終わりに、新聞小説の執筆に失敗した気分の転換のためでしょう、志賀直哉は伯耆《ほうき》（鳥取県）の大山《だいせん》にでかけて山腹の宿坊の蓮浄院に十日間滞在しています。このときに経験した心境について、「大山の十日間は自分には忘れられない。この間に思ったり、仕たりした事の意味をいまにハッキリさすつもりだ」と記しています。志賀直哉は「大山の十日間」に何か決定的なことを経験したのです。そして、この決意は、それから四半世紀という時間を経過した後のことになりますが、『暗夜行路』後編の最後の大山の場面として見事に結実することになりました。引用文の「いまにハッキリさすつもりだ」という文章に続けて、「自分は左顧右慮絶えず落ちつかない心持をすっかり落ちつかす事が出来た」と語られています。このとき、一体どのような経験をしたのか、この時点で明らかなかぎりで、もう少し詳しく見ておくことにしたいと思います。

大山において志賀直哉がどのようなことを感じ考えたかは、「女に関して」（執筆は一九一四年九月二日）と題する文章として残っています。

自分の女に対する考えは始終動く。

自分は時々昔の高徳な僧侶のような気分になる。その時はSexes の意識が鈍る。こういう時自分は高徳な僧侶や学者達の一ト向きに精神的な要求で進む人々が生涯独身で過ごす心持が非常によく解かるように思うのである。こういう人々のは禁肉欲主義ではない。自然の結果として無欲となったのである。これは生物の法則としては不自然であるがより以上にその人として自然な事である。――自分は伯耆の大山にいてこんな事を思った。その時自分は自身そういう気分だった。自分はその気分がそのままに続くとは自分でも信じ

られなかったが今后の生涯を支配する主な気分になり得ないとは考えなかった。(「暗夜行路草稿22(資料)」全六)

この「女に関して」という文章のなかでも語られていることですが、志賀直哉には「五年間の放蕩の習慣」がありました。その習慣のなかで、あるいはむしろ、その習慣を経て、といったほうが正確でしょうが、志賀直哉は、自分が求めているのが引用文に記されているような「無欲」の境地であることを確信するのです。この境地にあったとき、「自分は左顧右慮絶えず落ちつかない心持をすっかり落ちつかす事が出来た」といっています。自分の落ち着くことのなかった心がすっかり落ち着くことができたというこの経験は「忘れられない」ものとなったのです。その意味をはっきりさせること、このことがこれからさきの生の課題となるのです。

同じこの年の、それから一ヵ月後の、十月五日に書かれた「時任信行」と題された文章も、このような文脈において注目に値します(「暗夜行路草稿23」全六)。最初の段落の全体を引用してみます。

私は今非常に幸福である。私は一年間、――厳密にいえば九ヶ月間苦みをして来た。その苦みは外から与えられた苦みではなかった。自身の内に起った苦みであった。それは自身の心の中に起った不幸な事件であった。私は要するに罰せられたのであった。私は

「神」という言葉を明記出来ないがともかく或る絶対のものから罰せられたのであった。私は今痛切にそう思う。今までの私は実際罰せられねばならぬ私であったと。何者をもうらむ事はできない。否今幸福を感じつゝある私は――この罰なしには今の境地に達し得られな〔か〕った事を切に感じて心の底からこの罰を祝福しているのである。（傍点は原著者）

引用文を読んで、「私」が「今非常に幸福である」ということ、そして、その幸福感は新たな「今の境地」に達しえたことに由来しているようだ、ということがわかります。また、文章全体が、これまで見てきた志賀直哉の、どちらかといえば、暗い調子とはすっかり変わって、明るく肯定的な調子に変化しています。何かふっきれた感じです。それにしても、この「罰」というのはどのようなものなのでしょうか。まず、そのことをはっきりさせるために、つぎの段落の書き出しの部分を引用してみます。

私は何にも知らなかった。而して只ゴー慢であった。寧ろゴーマンであろうと努力していた。然し私はどうしてもゴーマンになれなかった。それは病的にゴーマンになる事もあった。が、直ぐ不安が来た。私の心はメソ〳〵とクヅされて了う。病的に弱い心になって了う。私はどうかして常住にゴーマンな心を持ち得る人間になりたいものだと願った。

――何という馬鹿だったろう！

傲慢の罪、それが罰せられた、というのです。では、傲慢であった、というのは具体的にどのようなことを意味しているのでしょうか。その手がかりになるのは、さきほどの引用文の「九ヶ月間苦しみをして来た」という箇所と、その苦しみは「自身の心の中に起った不幸な事件であった」という箇所です。まず「九ヶ月間」ですが、この草稿を書いている時点が十月五日ですから、一九一四年の一月から、この草稿を書いている時点までの期間に相当します。夏目漱石から新聞の連載小説の執筆をすすめられたのが前年の十二月の末でした。そして漱石を訪ねて上京し、執筆を辞退したしたのが七月です。このほぼ七ヵ月間はこの「九ヶ月間」という期間の最初の七ヵ月間に当たります。その七ヵ月間に志賀直哉は何をしていたでしょうか。父と子の対立をテーマにした小説を書いていたわけです。この小説の最後のクライマックスの構想についてはすでに見てきたとおりです。すると、「心の中に起った不幸な事件」というのは、父を殺すか、それとも父に殺されるかという結末に関わりがある、あるいは、端的にいえば、構想されたこの結末のことである、といってもいいと思われます。この結末は、不意に突き上げてきた血縁の情に妨げられて破綻してしまったことはすでにのべたとおりです。構想されたこの結末が「不幸な事件」であるのは理解できるとしても、それが何故、傲慢の罪であって、罰せられなければならないというのでしょうか。

父親を、たとえ小説のなかであるとはいえ、殺そうとした、といういわゆる尊属罪がここで問題なのではありません。問題になっているのは傲慢さ、つまり、思い上がりにあるのです。父を殺すか父に殺されるか、というこの二者択一が何故、傲慢であるのかといえば、それが、自己（＝〈わたし〉）の絶対的な自立をめざす意図がそこに存在するからです。志賀直哉の作家としての当時の視点は、そのような自己の絶対的な自立をめざそうとすることにありました。この視点がキリスト教の影響下にあったこともすでにのべたとおりです。この「事件」でその視点が陥没してしまったこともすでにお話しました。「九ヶ月間」の「苦しみ」は、これまでの傲慢であった、あるいは、傲慢であろうと努めていた、「私」自身の「心」そのものに由来するというのです。ですから、「私」の「苦しみ」こそが、何か「絶対のもの」から「私」に与えられた「罰」であったということになります。苦しむこと、つまりは罰せられることなしには、「私」は「今の境地」には到達できなかったというのです。「私は要するに罰せられたのであった」というのは、そういうことを意味するでしょう。

すでにお話しました「草稿6（資料）」（これは一年余りまえのことでしたが）のなかの臨済に関する「自分の中の根本的な一ヵ所」ということばや、いま問題にしている一九一四年十月よりも一ヵ月まえに書かれている「女に関して」草稿（九月二日記）のなかに語られていた「無欲」の境地は、「私」の「今の境地」に直接に接続しています。そのことをつぎに見ておくために、この「時任信行」草稿のまず第三の段落のはじめの部分を引用してみます。

本当に私は馬鹿者であった。私は口には色々の事をいった。部分的には色々の事を知っていた。又感じ得る能力も持っていた。然し一番大切なものをつかまえ得なかったのである。現在の私といえどもそれをしっかりとつかまえ得たとは自らも思っていない。が、少なくと〔も〕十住心論にある牛の足あとを発見した所までは来たと思う。或いはもう牛の尾を見ているかも知れない。ともかくも手がゝりが出来た。それが実に幸福である。

「十住心論」とあるのは、志賀直哉の勘違いで、「十牛図」のことでしょう。たとえば、京都相国寺蔵の伝周文筆の「十牛図」では、一人の青年が牛（本来の自己）を捜し求めて、やがて見いだした牛と一体化するまでの過程が十の図柄で示されています。その第一は「尋牛」であり、第二が「見跡」、第三が「見牛」です。第三の「見牛」の段階では、牛は胴体の後ろ半分と尻尾が描かれています。志賀直哉は、もうそこまで到達しているかもしれない、といっているのです。つまり、引用文でいわれている「一番大切なもの」というのは、本来の自己のことです。そこに至る「手がゝり」をつかむことができた、「それが実に幸福である」というのです。その「手がゝり」は、臨済のなかに予感し、ねらい定めて模索していた「自分の中の根本的な一ヵ所」において見いだされたはずです。つぎに、「女に関して」草稿（九月二日記）の「無欲」の境地との関係を明らかにするために、さらに引用を続けてみます。

私は近頃恵心僧都《えしんそうず》の簡単な伝を読んだ。それにこういう事があった。
或時恵心僧都が空也上人《くうやしょうにん》に会って、自分は極楽浄土を願う志が深いが、往生を遂げられようか如何《どう》かと訊いた。すると空也上人が答えて、自分は無知な者だが、ただこれだけの事は知っている。たとえ智慧や行徳がなくとも真に穢土《えど》を厭い浄土を欣《よろこ》ぶ心が切なれば、などか往生を遂げざらん、と云った。これをきいて恵心僧都は涙を流し合掌して帰って行った、という話である。

志賀直哉は、「私はそれを読んだ時……堪らない気持ちのいゝ感動に身をつゝまれて涙を流して了った。もうそれで沢山である。もうそれ以上の事は云えないと私は思った。後で又この事を考えた時に私はこれが総てだと思った」と書いています。自分の過去を振り返ってみて、「私という人間は実に取るに足らぬ人間だったと思う。殆ど何一つ感心すべき所のない人間であったと思う。左ういう人間がよくも今の幸福に到達し得たと思う」と述懐しながら、「総ての糸は絶たれていた」けれども、「只一つ細い糸がどうしても断ち切られずに残っていた」というのです。それは、「自分も遂にこの心持を手離し得なかった」、だから、こうして、「甦える事が出来たのだ」、そう語っています。「この心持」というのは、もちろん、引用文の「極楽浄土を願う志」であり「穢土を厭い浄土を欣ぶ心」を指しています。志賀直哉は、そういう意味で、自分のことを「理想主義者」と呼んでいます。「私は遂に理想主義者だった。意識しつゝ自身の堕落を見る事は殺されても出来ぬ事だったのである」。これはこの草稿の結びの文章ですが、ここには、志賀直哉の潔癖な倫理感、正義感の根底にあるものが見事に表現されているように思われます（ちなみに、志賀直哉が一九四九年に書いた「欣求浄土」の墨書が残っています。この書によっても作家がこの境地に憧憬の念をいだき続けたことがよくわかります）。

ところで、「穢土」といい「浄土」といわれていますが、これはどのようなことなのでしょうか。志賀直哉の言葉によれば、「穢土は邪である。偽である。醜である。要するに総て悪い

図3 「志賀直哉の墨書」（『志賀直哉全集 第八巻』岩波書店、1974年、口絵より）

ものである。浄土とは正である。真である。美である。要するに総て善いものである」ということです。自分は、そのような「穢土」の世界に転落しかけていた、そこで「地獄のような苦み」を苦しんでいた、そして、いま、やっと、「浄土」の境地にむけて「甦える事が出来た」と語っているわけですが、ここには志賀直哉の人生におけるある決定的な転回が存在します。この転回は、もちろん、「穢土」にむかう方向から「浄土」にむかう方向への転回である、ということができますが、この「穢土」から「浄土」への転回がどのようにして生じたのか、もう少し違った角度から考察しておきたいと思います。

さきほど、志賀直哉が、「十牛図」の「もう牛の尾を見ているかも知れない」と語っていることをお話しました。「牛」（本来の自己）をつかまえる「手がゝりが出来た。それが実に幸福である」というのです。本来の自己が開けることによって「浄土」の世界は出現するのであり、本来の自己が閉ざされることによって「穢土」の世界へ転落するのです。日本の伝統的な文化において、本来の自己はそのような転回点に位置するものです。志賀直哉の場合もそうです。いいかえますと、志賀直哉は、いま、西洋文化つまりはキリスト教文化の影響下から脱して伝統的な文化へ回帰ないしは再適応しようとしているのです。それが志賀直哉の転回です。

さて、本来の自己つまり「一番大切なもの」を何故見失っていたというのでしょうか。それは、「ゴー慢であった」ばかりか「寧ろゴーマンであろうと努力していた」からでした。傲慢である、とは、志賀直哉の場合、自己（＝〈わたし〉）の絶対的な自立を意図するということでした。小説の最後のクライマックスで、父に殺されるか、それとも父を殺すかという場面を構想せざるをえなかった、ということの背後には、自己（＝〈わたし〉）の絶対的な自立を計ろうとする意図が潜んでいたのです。しかし、どうしても傲慢にはなれなかった、といいます。「それは病的にゴーマンになる事もあった。が、直ぐ、不安が来た。私の心はメソ〳〵とクヅされて了う。病的に弱い心になって了う」と語られていました。欧米の社会において自己の絶対的な自立が可能なのは、その自立を絶対的な唯一の超越神の信仰が根底において支えてくれるからです。キリスト教の信仰を棄てた志賀直哉には、そのような神はもはや存在しませんでした。絶対的な超越神の支えなしに自己の絶対的な自立をくわだてるとき、心は「不安」にかられ、不安にかられた「弱い心」は「クヅされて」、「病的に」なるのです。そのような心のなかでは邪悪なものが跳梁跋扈するようになるでしょう。こうして心のなかに「穢土」が現出するにいたるのです。

　キリスト教の超越的絶対神に支えられて成立する絶対的に自立した自己には「天国」が出現しますが、では、「浄土」はどのように出現するのでしょうか。それは、キリスト教文化圏における「自立した自己」とは対照的な「本来の自己」と一つになり、そこに安らぎを見いだす心に出現します。前者は「人為の自己」であり、後者は「自然の自己」ということもできるでしょう。キリスト教的な絶対的に自立した自己は人為の極みであり、本来の自己は自然な、ありのままの自己であるというわけです。自然で、ありのまま、というのが「無欲」、「無心」、

「無我」などのような伝統的な言葉で語られる境地です。「女に関して」草稿の「無欲」の境地について、「自然の結果として無欲となったのである」、「自然な事である」というのは、このような文脈において理解すべきでしょう。ちなみに、一切の人為を排す、というのは日本独自の哲学を展開した西田幾多郎の哲学の出発点でもありました。志賀直哉と西田幾多郎の思想は基底において共通しているのです。

志賀直哉の精神的転回の事情を見てきましたが、キリスト教の信仰における超越的な絶対神が存在しなければ、自己が絶対的に自立するというのは非常に困難である、と一応いってよいのかもしれません。何ものかの支えがなければ、人間の心は自立できない、心はそれほど弱いものです。志賀直哉は、超越神が存在しない日本の精神的風土のなかで、この困難な大事業を、青年時代に、志していたということもできるのです。その傲慢さ、思い上がりが——志賀直哉は「或る絶対のものから」といっていますが——「罰せられた」のです。このことは、見方をかえていえば、文化の伝統に、掣肘《せいちゅう》されたということもできるでしょう。日本の伝統的な精神的風土のなかで自己の絶対的な自立をめざすとき、「浄土」は出現しようがない、「浄土」が出現しないばかりか、「穢土」の陥穽が待ちうけている、というのが日本の文化の特性でもあるのかもしれません。

さて、このような転回が生じたのは一九一四年の九月から十月はじめにかけて、志賀直哉三十一歳のときでした。この転回のまえとあとに書かれた二つの小品をここで比較してみることにします。二つの小品があざやかな対比をなしているからです。
まず、転回のまえの七月三十一日に書かれた『家守《やもり》』（全二）です。この作品については、『城の崎にて』についてお話したときにすでにふれたことがあります。話は伯耆の大山にでかける直前の出来事です。「松江の独り住まいで、朝起きて次の間の戸を開けようとした」とき、「バサッと何か畳へ落ちた音がした。家守だった」という文章でこの小品ははじまっています。「自分は炭取から火箸代りにしていた杉箸を持って来て家守をつまみ出そう」とします。家守は「柔かい体をくね」らせて逃げますが、やっと「それをうまく外へはじき出し」ます。「家守は飛石の傍《そば》に凝《じ》っとして」います。「自分は殺さないと又晩に入って来るだろう」と思います。

庭へ下りると家守は逃げ出したが自分は杉箸で胴中をおさえててひどく地面へ擦《こす》りつけた。柔かい胴がただよれるだけで却々《なかなか》死なない。自分は家守の少し弱った所を上から頭を突きつぶしてやろうと思った。二三度失敗した後《あと》うまく丁度眼と眼の間の脳天に箸を立てた。箸の先は黒く焦げて尖っていた。家守は尾をクリッ〳〵と動かして藻掻《もが》いた。自分は手に少し力を入れた。家守はキュー〳〵と啼《な》いた。それからぐっと力を入れると片方の眼が飛び出した。そして自然にそうなるのか又は抵抗する気か口を大きく開けた。口の中は極《ご》く淡い桃色をしていた。箸は脳天から咽《のど》へ突きとおった。箸を上げるとその先に家守がだらりと下がった。

「自分」は家守が死んだと思って、庭の隅に捨てます。しかし、死んではいませんでした。

家守は何時の間にか生きていた。片眼は飛び出したまま、脳天は穴の開いたまま、自分が近よると弱々しい歩き方で逃げ始めた。自分は不意に厭な気持に襲われた。自分はもし此の家守がこのまま自然に元通りのからだに癒《なお》って了《しま》うだろうと考えられたら生返った事を喜べたかも知れない。然しそうは考えられなかった。そして自分は気味悪さと同時に或怒《いか》りを感じた。

「自分」は、それを竹箒で濠まで掃いていって、濠のなかに沈めてやろうと思います。それほど力を入れたつもりはなかったのですが、一掃きすると、家守は濠の手前に立っている無花果の木の根元の蕗の繁みのなかに飛んでいき、捜してもとうとう見つかりませんでした。

自分には夜になると又その片眼の脳天に穴の開《あ》いた家守が自分の部屋に這込んで来る事が想像された。自分はその想像を直ぐ打ち消した。が、それにしても家守が生きている事は自分にとって凶事のように思われた。一寸気分の暗くなるのを感じた。

然し幸にその日は半月程の予定で伯耆《ほうき》の大山《だいせん》へ行こうと思って居た日だった。自分は間もなく隣の若い大工夫婦に留守宅を頼んで停車場《ていしゃじょう》へ向った。

作品はこのように終わっています。「大山の十日間」の体験の直前にはこういう出来事が存在していたのです。家守にたいする自分の残虐な行為とその結果を作者は冷静に、というよりも、冷酷に見つめています。作者が抱く感情は、「厭な気持」、「気味悪さ」、「或怒り」です。そして、家守が、「片眼は飛び出したまま、脳天は穴の開いたまま」の姿でまだ生きていることが、「自分にとつて凶事」のように思われて、「一寸気分の暗くなる」のを感じたというのです。作者が抱く感情は一貫して一方的なものです。家守にたいする同情や後悔の念は少しも見られません。そういう心境を作者はありのままに書いているわけです。作者が抱いた三つの感情のうち、「厭な気持」はすぐに理解できるでしょう（『城の崎にて』についてのべたさいにお話ししましたように、この言葉は作者が頻繁に使う言葉です）。また、凄惨な姿の家守を見て、「気味悪さ」を感じたというのも理解しやすいと思います。しかし、「或怒り」はどうでしょうか。須藤松雄は、「このように醜《しゅう》たらしめ否定的なものたらしめた「自分」の残酷を、「自分」に見せつけるようにして、気味の悪いしぶとさで生きていやがるというのが「或怒り」であろう」とのべています（『志賀直哉――その自然の展開』一八六頁）。そのとおりだと思います。

この怒りは、仏教でいうところの「瞋《しん》」のことではないでしょうか。「瞋」というのは「心にかなわない対象を憎悪すること。自己の情に違背する事物に対して憎しみ憤り、心身を平安ならしめない心作用」のことです（中村元『広説佛教語大辞典』東京書籍）。瞋は、貪、癡とならぶ「三毒」（善根を害する三つの毒）の一つです。ある草稿のなかに、「僕の心は今、真底から空虚です。真底から空虚なる悪心です。毒心です。何という惨めな状態だ」と書かれている件《くだり》があります（「未定稿１４９」全九）。これは、一九一六、七年ころに書かれたものです。しかし、このときも心の状態は同様です。作者の家守にたいする同情や後悔の念は少しも見られません。心は空虚だからです。そこにあるのは、ただ、瞋という怒り、「真底から空虚なる悪心」であり「毒心」です。この邪悪な怒りは「穢土」の世界そのものではないでしょうか。作者は家守を置き去りにしたつもりで伯耆の大山に出かけますが、作者のこのような心境は決して置き去りにはできず、大山まで同行したにちがいないのです。

つぎに、『宿かりの死』（全二）をとりあげます。この作品の執筆は一九一四年九月十七日です。つまり、転回をとげた直後に当たります。九月二日には、「女に関して」（暗夜行路草稿22）が書かれていることは、すでにのべました。宿かりというのは、ご存じのように、他の巻き貝の殻をかりて、そのなかに入って生きる生きものです。『宿かりの死』の宿かりは、大きくなりたい〳〵という欲望に駆られて生きてきました。いままでは、大きな栄螺《さざえ》の殻に入って、以前は自分も同じ殻の一つに入って仲間のようにしていた小さな細螺《きしゃご》たちの群れを岩の上から見下しながら、自分ながらよくもこんなに大きくなったものだと自惚れました。そのとき、自分よりももっと大きな栄螺に出会います。宿かりは急にたまらない恥ずかしさを感じます。一人になると急に腹が立ってきて、自分の殻を脱いでしまいました。殻もつけずに砂地を這っていくと、柔らかい尻が擦れて痛くてたまりませんでした。まる一日苦しんだあとで、昨日彼をおびやかした栄螺よりももっと〳〵大きな法螺貝《ほらがい》の殻を見つけました。彼はそのなかにもぐり込んでやっと安心しました。その殻は重くて、彼の身体にはゆる〳〵でしたから、苦しい思いをしてそれを引きずって歩きました。彼はまた大きくなろう〳〵という欲望に燃え立ちます。一年ほどして彼の身体はその法螺貝のなかに一杯になるほど大きくなり、それを引きずって歩くのは何でもなくなりました。彼はあまり苛々しなくなり、もうそれほど大きくなろうという欲望もなくなりました。そのとき、偶然にまた、もっと〳〵大きな法螺貝に出くわしました。彼は気絶するほどびっくりします。彼は自分より大きな栄螺に出会ったときよりも何倍も自分を恥ずかしく感じました。しかし、腹を立てる力はもうなくなっていました。彼は、自分がどれほど大きくなろうとも、いつもそれだけの大きさの貝殻がなければならないことに思い至って、すっかり絶望してしまいました。彼は、すぐさま、自分が入っていた法螺貝を捨ててしまい、また、殻をつけずに痛いのを我慢しながら海底の砂地を這っていきました。彼は、いよ〳〵やりきれなくなってきましたが、それでもまだ何かを求めるように、ずる〳〵とその柔らかい腸の尻を引きずって海の底を歩いていきました。彼は極度に憂鬱になり、力も衰えてきました。彼は、何がただの宿かりではいられない欲望を自分に与えたのだろう、何のためだろうと考えました。結局、自分は常に満たされずに生きてきたと思います。そして、とう〳〵動けなくなって、死にました。

宿かりが死ぬまでのあらすじをたどってみました。宿かりは、明らかに、傲慢だった自分の自画像であり、それを寓話風に仕立てているわけです。宿かりの、宿となる殻は何なのでしょうか。文字通り、殻であり、あるいは、構えである、と受け止めてよいでしょう。そのような殻を脱ぎ捨てたとき、むきだしの裸の宿かりが、砂で擦れて苦しむ場面が二回もでてきます。ここには、自分の苦しんだ姿が投影されているはずです。話の最後で、死んだ宿かりは、臨海試験所の船の網にかかって引き上げられて、乗っていた学者たちによってアルコール漬けの標本にされます。作者は、学者たちと一緒になってアルコール漬けになった自分の姿を見ているのです。それは、「柔らかい尻の擦りむけて腸の出た」姿をしています。「死んだ時の絶望と苦悶」がその顔には現われています。しかし、学者たちは、「その表情は素より宿かりの心裡に就いては何も知る事は出来なかった」という文章でこの話は終わっています。

志賀直哉は、九月中旬に京都に転居しています。「宿かりの死」は転居直後に京都で書かれたものです。すでにお話しましたが、「私は今非常に幸福である」という文章で始まる「時任信行」草稿は、京都で十月五日に執筆されました。それから二週間後の十八日に、これもすでにお話しました「死ね〳〵」草稿が書かれています。「殺そうと思うより早く死ね〳〵と思う心は残忍だ」と考え、そう「思う心を憎む」志賀直哉が、どうして父にたいしてそのような思いを抱かざるをえなかったのか、このことに関しても、この時期に生じた精神の転回の経緯が決定的に関与しているように思われます。その事情についても、すでに一応のことはお話したつもりですが、もう一度くり返してみます。簡単にいえば、自己を主張し、自己を貫徹しようという思いが、傲慢な思い上がりの罪として罰せられたと感じているいま、父との葛藤の極限に生じるのは、もはや（小説の構想のなかであるとはいえ）父を殺して自己を貫徹しようとする、つまり、父を殺すという能動的な内面的な行為ではありえず、父が死んでくれればいいという受動的な思いであった、ということです。

「死ね〳〵」草稿と転回の関係について、ここでは父との関連における転回としてお話しましたが、もちろんそれに尽きるわけではありません。父との和解を経たあとで本格的に着手された長編小説『暗夜行路』ではもっと一般化された形で主人公の時任謙作の精神的転回が語られており、この転回は作品の骨格をなしています。しかし、そのことについては、またさきでお話することにしたいと思います。

この一九一四年（大三）の十二月二十日に志賀直哉は父の反対を無視して結婚し、京都で新しい生活をはじめました。このことによって父との関係は一段と悪化します。翌一九一五年の三月には、父の家から離籍し、別に一家を創設しました。同じ三月には、「その前に起った二人の間の不和の後に或る和ぎを作る目的で、父は自分の一番上の妹を連れて京都に遊びに来」ましたが、息子は会おうとしませんでした。父に会う心の余裕がなかったのでしょう。五月には、鎌倉を経て上州の赤城山に転居します（志賀直哉はよく転居する人だ、とお思いかもしれませんね。そうなのです。生涯に二十数回転居しています。ちなみに、赤城山に住んだのは九月下旬までで、またすぐに我孫子に転居しています。こうして我孫子時代がはじまります）。赤城から友人の里見弴に宛てた手紙に、「憂鬱という事は活気の反対のようだが、浮かれ気でいる気分よりかどんなに気持がいい安固な気分だろう。僕は今表面には新婚者らしい浮かれ気分もあるが、その奥には静かな憂鬱がある。それに僕は望みを置いている」と書かれた一節がありますす（一九一五年六月二日）。嵐の山の上で嵐に翻弄されて苦しそうに叫ぶ木にむかって、嵐が「待て〳〵俺も苦しいわい」と答える『嵐の日』と、死を目前にした樹齢百年になる老大木が、みずからの努力がすべて徒労に帰した過去を顧みて淋しさを感じるけれども、「その淋しさの内に……或安定を得た」という結びの文句で終わる『山の木と大鋸』（一九一五年）、この二つの小品は、まぎれもなく「静かな憂鬱」という赤城山時代の心境のなかから語り出されているのです。

一九一五（大四）年九月末に、さきほどものべましたが、志賀直哉は我孫子に転居します。この我孫子生活は一九二三年三月にふたたび京都に転居するまで、六年半続きました。この我孫子時代の最初期の一九一六年に志賀直哉は第二の精神の危機をむかえ、翌一九一七年には父との和解が実現します。その経緯をたどってみることにしましょう。

『和解』という作品は、時間的には、回想の場面を除けば、執筆時（一九一七年）から見て、

「一昨年の春」つまり一九一五年の三月に、父が直哉の妹を連れて京都に遊びに来た時点から、一九一七年の和解の成立までの出来事が描かれています。一九一五年に我孫子に移ってから、志賀直哉は東京の麻布にある父の家をたびたび訪れるようになります。祖母に会うためでした。我孫子に移ってまもないころのことです。ある日、妻をつれて祖母の見舞いに上京したところ、夜中に、京都のことで父と口論になり、父から「貴様はこの家へ出入りする事はよして貰おう」といわれて、妻をつれて父の家をとび出すということがありました。住まいが近くなり、父の留守をねらって内緒で祖母に会いに行ったりしたわけですが、父との「不愉快な関係」が息子の精神的な緊張感を増し、精神の平衡を保つうえで悪影響を及ぼしたであろうことは容易に想像されます（たとえば、「父の留守にこそこそと祖母に会いに行く自分の姿が如何にも醜く、そして腹立たしく自分に感じられた」と書かれています）。赤城山時代の、自分が望みを託していた「静かな憂鬱」は、このような生活にまぎれて砕け散ってしまったようです。一九一六年三月十八日に記されたつぎのようなメモを読むと、「静かな憂鬱」が「アンニュイ」（倦怠感）に変質してしまったことがわかります。

自分は今危険の状態にいる　自分は物の刺激を感じなくなった気分が総てダルである、アニュイーを感ずる、自分には何の大きい問題も大きい不安も大きい喜びも悲しみもなくなった、自分はただ呼吸してのみいる一日が長すぎる、自分はこれから先に何が自分に起るかという期待を持たなくなった、……自分は何をする気もない……自分は今は……死が恐ろしくなくなった、生きている甲斐ない気がして来た（「手帳2」全八）

それから三ヵ月たらず後の六月七日、初めての赤ん坊慧子《さとこ》が生まれました。しかし長女慧子は、七月三十一日、腸捻転のために死亡します。父親である自分は、何もわからない赤子でありながら死ぬまいとする何かの強い意志が働くかのように一生懸命に死に抵抗する姿を痛々しい思いでむなしく見ているほかありませんでした。赤子が死んだとき、「自分は泣いた。実母に死なれた時のように泣いた」と『和解』に書かれています。

長女慧子が、死に瀕して苦しんでいたとき、友人の家族、近所の知人の家族、家の使用人、医者など、「八人程の人」が懸命に長女の看病のために働いてくれたけれども、「この児の為にもっと近い血縁の麻布の家の人が一人も居ない事は何となくこの児の為に可哀そうな気がした。そして自分も物足らない気がした」と書かれているのは、注目しておいてよいでしょう。あらためていうまでもないことかもしれませんが、引用文の「何となくこの児の為に可哀そうな気がした」という箇所と、「自分も物足らない気がした」という箇所は、「そして」という並列を意味する接続詞によって結ばれてはいますが（この「そして」は、「この児の為に」と「自分も」を結んでいるのです）、両者は、同じ「自分」の気持の表現です。前者は、「この児の為に」可哀そうだと思っている「自分」の気持の表現であり、後者も、「物足らない」思いをしている「自分」の気持ちの表現だからです。要するに、ここで作者にとって、「血縁」こそが重要な意味をもっており、そのことが長女が死に瀕するという危機的な場面で鮮明になっているということなのです。

長女慧子が死んで、作者は、自分の実母が眠る東京の青山墓地（そこに志賀家の墓がありました）の「実母の側にその初孫を埋めてやる事は実母の為にも赤児の為めにもそうありたい」と思って、青山墓地に二坪か三坪の墓所を一区画買うつもりでいました。そこへ父から「我孫子のお寺に葬るよう」にという指示が届きます。作者は「ムカムカして」きます。いよいよ東京から迎えの自動車がきて、慧子の棺を東京に運ぼうとしたとき、「赤坂の叔父から、棺は赤坂へ運ぶようと云う電報」が届きました。作者は、「父が麻布の家へ運ぶ事を拒んだのだ」と思いました。さらに、父が「赤児の小さい叔母共や曾祖母に、「皆も赤坂へ行く事はない」と云ったと云う事」を聞くに及んで、作者は、「腹の底から腹を立て」ます。作者は、父が「自分に対する怒りをそのままに赤児に」むけている、と思ったのです。「前々夜から前日の朝までジリジリとせまって来た不自然な死、それにあるだけの力で抵抗しつつ遂に死んで了った赤児の様子を凝視していた自分」にとって思いもよらない、不愉快きわまりないことだったのです。

作者は妻をつれてこの一九一六年八月二十日朝、我孫子をたち旅にでます。そのまえに、東京で長女の墓参りをしました。麻布の六本木の停留所で落ち合う約束をして、「自分」は友達の家へ行き、妻だけ麻布の家へ行きました。約束の時間をとっくに過ぎてからやっと現われた妻は、麻布の家で、「父の部屋へ行くとイキナリ何故赤児の死骸を東京へ連れて来たと怒られた」といって泣きました。「自分は父に対して、腹から腹を立て」ました。八月二十八日に、旅先で、作者は、去年赤城山で聞いた話、――宿屋の若い雌猫が子供を三匹生んだので、そのうちの一匹をもらう約束までしていたのですが、ある日父猫が母猫の留守に忍び込んで自分の子を三匹とも食べてしまった――という話を思い出しながら、つぎのように記しています。

然しそれは猫の場合だけではない、人間にもいる、自身の欲望に支配されてその子を食おうとする父親がある、そうなれば互いに子でもなければ親でもない、血縁ある仇敵である、厄介な仇敵である。(「ノート13」全一五)

その年の秋から冬にかけてのころ記されたと推測されるメモには、さらにこう記されています。

生活の充実を感じつゝ生活したい、疲れつゝうみつゝ生活するのは地獄である、その中に老年が来る、而して死ぬる(「ノート13」全一五)

こうして見てきましたように、精神の危機の第二のピークは、一九一六年の三月ごろから夏にかけての時期に見いだすことができます。そのうちでも、最も危機的な状態にあったのは、「自分は今危険の状態にいる」、「自分は今は……死が恐ろしくなくなった、生きている甲斐ない気がして来た」と書かれている、三月十八日の前後です（その期間がどれくらいであったのかは定かではありませんが）。この一九一六年の十二月九日には、「一番好きな作家」であり、「人間的に敬意を持っていた」夏目漱石がまだ満四十九歳の若さで死去しました。この年、志賀直哉は、七月には長女慧子の死を、十二月にはもっとも敬愛する先輩作家であった漱石の死を経験しなければならなかったのです。『城の崎にて』は、その翌年に執筆されますが、当時の心境が明らかに反映しているように思われるのです。

作者が山の手線の交通事故に逢った直後に城崎に滞在したのは一九一三（大二）年の十月、『城の崎にて』が書かれたのは、それから三年半のちの一九一七（大六）年四月のことでした。ここで「いのち」と題する草稿をとりあげてみましょう。この草稿は城崎滞在の翌年の一九一四年に書かれたものです。

『城の崎にて』の原型をなすこの草稿には事故の経緯や城崎滞在中の様子が完成作『城の崎にて』よりもずっと詳細に描かれています。しかし、完成作全体を支配する緊迫した静寂感とは基調がずいぶん違っています。草稿にはすでに完成作と同様の死にたいする親しみの感情も語られているのですが、事故で受けた怪我が最小限で済んだ「自分の幸運を感謝した」り、

「何か生命に対する執着の力というようなもの」を考えてみたり、「今迄のように呑気にしていては駄目だ、出来るだけの事を本気になってやり貫《と》うそうと心に誓った」りしたことも書かれています。これらのことはいずれも完成作では排除されることになりますが、事故の翌年、まだ事故の記憶が生々しかったころには実感として作者が感じていたことだったと思われます。草稿の題の「いのち」というのもそこからつけられたのでしょう。一言でいえば生にたいする執着を含意するこのような要素と、完成作へと結晶していく死にたいする親しみの感情と、これら二つの要素が草稿では矛盾したまま放置されており、その結果この草稿は、焦点が定まらず、散乱した印象しか与えないように思われます。

また、すでにふれました「死ね〳〵」と題する草稿も一九一四年十月に書かれたものです。この草稿にも、「僕は運命というような何かしらん眼に見えない「もの」に対する或る感じを持って、而して感謝した」と書かれています。これが九死に一生をえた事故直後の実感だったのです。

ところが、事故から三年半後に書かれた『城の崎にて』では調子が違っています。『城の崎にて』の序章の終わりで、「自分」は、死ぬはずだったのを助かったロード・クライヴという中学で習った人のことばを思い出しています。クライヴは、何かが自分を殺さなかった、自分にはしなければならない仕事があるのだと思って、激励されたと語っていました。それにたいして、「実は自分もそういう風に危うかった出来事を感じたかった。そんな気もした。然し妙に自分の心は静まって了った」と、作者は「自分」にいわせているのです。何故でしょうか。それは、この「然し妙に自分の心は静まって了った」の文章に続けて、「自分の心には、何かしら死に対する親しみが起こっていた」という文章を書きたいためなのです。第一章でお話ししましたように、この「死に対する親しみ」が『城の崎にて』の最後で、〈わたし〉の死として現実化します。夕闇が深まるなかを温泉宿のほうへ帰っていく「自分」について作者は、「自分はそれ〔死ななかったこと〕に対して感謝しなければ済まぬような気もした。然し実際喜びの感じは湧き上がっては来なかった。生きている事と死んで了っている事と、それは両極ではなかった。それ程に差はないような気がした」と書いているのです(1)。

作者が『城の崎にて』を書くにいたった直接の動機は、執筆の前年、つまり一九一六年に経験した、はじめての子である長女の慧子ともっとも敬愛する先輩作家夏目漱石という二人の人間の死から受けた衝撃の痛切さにあったように思われます。その痛切さは、反転して、一方は父親としての、他方は作家としてのみずからの死の問題として迫ってきたはずです。もちろん「大山の十日間」に経験したことも無視するわけにはいきません。死の問題が切迫してきたとき、三年半まえの交通事故の体験と退院後に養生のために三週間滞在した城崎の日々の記憶が鮮明に蘇《よみがえ》ってきたでしょう。作者は『城の崎にて』を書くことによって、これらの日々の体験を作品のなかでもう一度生き直しているのです。

話を一九一六年の三月ごろから夏にかけての精神的危機の第二のピークにもどします。この年の六月に（つまり、第二のピークの最中ですが）長女が生まれて、二ヵ月たらず後に死亡してから起きた父親との確執は、父親という具体的な対象にたいする明確な怒りの感情を生みだすことによって、かえって精神的な危機をある意味で緩和する作用を及ぼしたかもしれません。はっきりしていることは、父との不和・対立の問題が、それがいかに激化しようとも、志賀家という家をめぐって、家の枠内を超えないものである、いいかえますと、血縁の枠内を超えないものであった、ということです。家（＝血縁）を超える可能性は、キリスト教を信仰していた時期にはもちろんですが、信仰を棄てたあとでも〈わたし〉の絶対的自由を希求していた時期にはまだ存在していたかもしれませんが、精神の転回後にはもはや閉ざされていたのです。

漱石が死去したのと同じころ、この年の十二月の末に、武者小路実篤が近隣の村に引っ越してきました。志賀直哉は「久し振りでＭ〔武者小路実篤〕と繁々往来するように」なります。「彼は心と心の直接に触れ合う妙味をよく理解して」いましたから、新たに復活した交友は、志賀直哉の「心にいい影響を与え」、「和らいだ、そして緩みのない気持ちの日が続くように」なりました。翌年の一九一七年の二月ころになると、創作への意欲が蘇り、いくつかの短篇が書かれます。そのうちの二つをＭに見せると、「Ｍはその一つに「しっかり書いてあると思う」と云ってくれ」、「もう一つの物には「しんみりとした味がよく出ていると思う」と云ってくれ」ました。「そしてそれを発表する事をすすめ」てくれました。前者が『佐々木の場合』（六月に『黒潮』に発表。この作品には、「亡き夏目先生に捧ぐ」という献辞がついています）であり、後者が『城の崎にて』（五月に『白樺』に発表）です。こうして、「少しずつ調和的な気分になりつつあった」作者に、七月二十三日、次女留女子《るめこ》（名前は祖母の名前である留女からとられました）が誕生します。

『和解』に書かれている次女留女子の誕生の場面はとても印象的で美しい場面です。長女のお産は東京でしたが、生まれてまもない赤子を我孫子まで連れ帰ったのがよくなかったかもしれないと考えて、今度のお産は我孫子ですることに決めました。作者は、「昔からの習慣で良人は妻の産を見ないものだ」と思っていました。「赤児をともかく無事に産み落とすと云う事以外良人に醜い顔、醜い姿勢を見せたくないと云う心使いを妻にさすことはいい事ではない」し、「自分としても妻の醜い顔やそういう醜い姿勢を見る事はいい事ではない」と考えていました。「その上苦しむ妻を凝っと見ていねばならぬ苦痛も厭」でした。しかし、頼んでおいた東京の産婆が間に合わず、付き添っていた看護婦の手伝いをしながら次女の誕生に立ち会うことになります。

水が少し噴水のように一尺程上がった。同時に赤児の黒い頭が出た。直ぐ丁度塞《せ》かれた小さい流れの急に流れ出す時のようにスルスルと小さい身体《からだ》全体が開かれた母親の膝《ひざ》と膝との間に流れ出て来た。赤児は直ぐ大きい生声《うぶごえ》を挙げた。自分は亢奮《こうふん》した。自分は涙が出そうな気がした。自分は看護婦が居る前もかまわず妻の青白い額に接吻《せっぷん》した。

妻は深い呼吸をしながら、自分の眼を見上げて力のない、しかし安らかな微笑を浮べた。「よしよし」自分も涙ぐましい気持をしながら首肯《うなず》いた。自分には何かに感謝したい気が起った。自分は自分の心が明かに感謝を捧《ささ》ぐべき対象を要求している事を感じた。

出産、それには醜いものは一つもなかった。……妻の顔にも姿勢にも醜いものは毛程も現われなかった。総《すべ》ては美しかった。（以上、十章）

作者は、「生れたばかりの赤児に対しては別に親らしい感情も起らなかった。自分は其所に泣いて暴れている赤児を近寄って見たいとも思わなかった。それが男か女かを早く知りたいとも思わなかった」という文章に続けて、「只自分にはその児の出生《しゅっしょう》によって起った快いそして涙ぐましい亢奮が胸の中で後《あと》までその尾を曳いている事が感じられた」と書いています。「その児の出生によって起った快いそして涙ぐましい亢奮」、「胸の中で後までその尾を曳いた、快いそして涙ぐましい亢奮」、血縁の我が子の生命の誕生の体験は作者にとって決定的でした。

さきほどの二つ目の引用文に、「自分には何かに感謝したい気が起こった。自分は自分の心が明らかに感謝を捧ぐべき対象を要求している事を感じた」と語られています。この文章と『城の崎にて』の最後の場面（とくに、「自分はそれに対し、感謝しなければ済まぬような気もした。然し実際喜びの感じは湧き上がっては来なかった。生きている事と死んで了っている事と、それは両極ではなかった。それ程に差はないような気がした」という箇所）とを対比させてみると、作家が次女の誕生から受けた感動がいかに決定的だったか明らかです。『城の崎にて』に描かれている「生きている事と死んで了っている事と、それ程に差はないような気〔分〕」、この死と融合し、死に溶けこんでいる気分は、生の実感、ないしは、生の感動が欠如していることから生じています。次女の誕生が与えた感動は、作家にとって生の根源的な感動であり、そのような深みから発している生の実感は、『城の崎にて』に描かれている気分を一挙に払拭するほど強烈だったのです。

一九一七年七月三十一日、作者は「昨年生まれて五十六日目に死んだ最初の児の一周忌」の墓参りのために我孫子から久し振りに上京します（『和解』の第一章は、ここから始まっています）。墓参りを済ませてから、「祖母のいる麻布の家へ向かい」、三十分ほどいて、そこを出ました。「父には会わずに済み」ました。八月十六日、作者は、上京したついでに、麻布の家に電話してみると、父は家族をつれて箱根の別荘に出かけていて留守だというので立ち寄ったところ、早く帰ってきた父と出会ってしまいました。父と会ったのは、京都のことで口論し、父から「貴様はこの家へ出入りする事はよして貰おう」といわれて、家を飛び出して以来、二年ぶりのことでした。父は、「云いようのない不愉快な顔」をしました。そういうとき、「そうしまいとしても自分の頑な気持が承知せ」ず、「自分」も「不愉快な顔」をしてしまい、「そしてその場が過ぎてもその不愉快は残って今度は自身を苦しめるのが例」でしたが、「その時はどうしたのか穏やかな気持で父の顔を見上げている」ことができたのです。「父は黙って引きかえして行き」ました。

八月二十三日にふたたび上京。麻布の家に電話してみると祖母の具合が悪いというので、在宅を承知で父の家にでかけました。弱った祖母の姿をみて、作者は「自分の恐れていた事がいよいよ来たのではないかと云う恐怖を感じ」ます。家の出入りは禁じられているけれども、父と自分との関係と自分と祖母との関係は全然別のものであるから、父にそのことを認めてもらおうと考えて、作者は父に会おうとしますが、義母にとめられて、手紙を書くことにしました。

作者は、「理屈」で手紙を書くつもりはありませんでした。理屈でいいなら易しいことでしたが、「然し理屈で自分の要求が如何に正当であるかを書き現わせたところで、それが実際何の役にも立たない事はよく解っていた」からです。ですから、「多少父の感情に訴えるような手紙」を書きかけてみましたが、それもすぐにやめました。「相手を動かそうという不純な気持が醜く眼について迚も続けられな」かったからです。二三度書き直ししてみて、手紙では自分の気持がどうしても表現できないのを知って、手紙を書くのをやめて、日を改めて父に直接会って話をすることにします。作者が、父に宛てて手紙を書いているときの描写は大変興味深いと思われますので、引用してみます。

一番困難な事は手紙を書いている内、頭に置いている父が少しも一つ所にとどまっていない事だった。云いかえれば父に対する自分の感情が絶えずぐらぐらする困難だった。自分は書き出しに調和出来るかも知れない、比較的穏かな顔をした父を頭に浮べながら、自分も穏かな気持で、その父に書いて行く。ところが書いている内にその父の顔は段々変って行く、そういう時には実際書いている自分自身が、そろそろと理屈がましい事に入って行きかけもしたが、その内に父の顔は急に意固地な不愉快な表情をする。自分はペンを擱《お》くより仕方がなかった。（十二章）

困難なのは「頭に置いている父が少しも一つ所にとどまっていない」こと、すなわち「父に対する自分の感情が絶えずぐらぐらする」ことであると主人公（＝作者）は書いています。頭に浮かべた「父の顔」が「自分」次第で変化する。「理屈がましい事に入って行きかけ」ると、「父の顔は急に意固地な不愉快な表情」に変わる、というのです。ここには、「自分」にとっての〈内なる父〉のイメージのありかたが、さりげなく語られているのです。

八月三十日は、主人公（＝作者）の実母の二十三回目の祥月命日《しょうつき》でした。この日、父と子は和解し、長年の不和が解消します。その経緯はつぎのようでした。二人が会った父の書斎で、「お前のいう事から聴こう」と父がいいました。息子は「お父さんと私との今の関係をこのまま続けて行く事は無意味だと思うんです」と話しはじめます。「うむ」（と、父）。「これまでは、それは仕方なかったんです。それはお父さんには随分お気の毒な事をしていたと思います。或る事では私は悪い事をしたとも思います」（と、息子）。「うむ」（と父は首肯《うなず》きます）。「然し今まではそれも仕方なかったんです。只、これから先までそれを続けて行くのは馬鹿気ていると思うんです」（と、息子）。「よろしい。それで？　お前の云う意味はお祖母さんが御丈夫な内だけの話か、それとも永久にの心算《つもり》で云っているのか」（と、父がいいます）。

「それは今お父さんにお会いするまでは永久にの気ではありませんでした。お祖母《ばあ》さんが御丈夫な間だけ自由に出入《ではい》りを許して頂ければよかったんです。然しそれ以上の事が真から望めるなら理想的なことです」と自分は云いながら一寸泣きかかったが我慢した。

「そうか」と父が云った。父は口を堅く結んで眼に涙を溜めていた。

「実は俺も段々年は取って来るし、貴様とこれまでのような関係を続けて行く事は実に苦しかったのだ。それは腹から貴様を憎いと思った事もある。然し先年貴様が家を出ると云い出して、再三云っても諾《き》かない。俺も実に当惑した。仕方なく承知はしたものの、俺の方から貴様を出そうという考は少しもなかったのだ。それから今日までの事も……」

こんな事を云っている内に父は泣き出した。自分も泣き出した。二人はもう何も云わなかった。（十三章）

主人公の背後に坐って聞いていた「叔父も声を挙げて泣き出し」ました。父に呼ばれて入ってきた義母も、「自分の手を堅く握り〆《し》めて、泣きながら、「ありがとう。順吉、ありがとう」と云って自分の胸の所で幾度か頭を下げ」ました。

家族そろって昼食をとったとき、父は酒を飲みました。母も叔父も自分も妹たちも皆一杯ずつ飲み、飲めない者は真似だけしました、何のためにそういうことをするのか誰も口に出すものはいませんでした。「皆《みんな》にはただその胸に通い合う和らいだ嬉しい感情があるだけで誰もそれを口には出せなかった。それは気持のいい事だった」と作者は書いています。午後、少し酒に酔った父は遅れて来るというので、「祖母を除き、総勢七人で青山へ墓参に出掛け」ました。皆と別れてから、主人公は四谷の友人の家にいき、そこで義母に礼状を書きます。礼状のなかで、「永い間板挟みの苦しい位置にいて、何度失敗しても父と自分との和解の望を捨てずにいてくれた事」を感謝したあとで、「感情に何の無理もなく……今度の和解は決して破れる事はないと信じている」とのべています。

翌日、父は家族をつれて我孫子の息子の家を訪問しました。皆が帰るとき、作者は駅のプラットホームまで見送りにいきます。

笛がなると、皆《みんな》は「さよなら」と云った。自分は帽子に手をかけて此方《こっち》を見ている父の眼を見ながらお辞儀をした。父は、「ああ」と云って少し首を下げたが、それだけでは自分は何だか足りなかった。自分は顰《しか》め面《つら》とも泣き面ともつかぬ妙な表情をしながら尚《なお》父の眼を見た。すると突然父の眼には或る表情が現われた。それが自分の求めているものだった。意識せずに求めていたものだった。自分は心と心の触れ合う快感と亢奮《こうふん》とで益々《ますます》顰め面とも泣き面ともつかぬ顔をした。汽車は動き出した。（十五章）

家に帰ってきて、「自分」は、「父との和解も今度こそ決して破れることはない」と思います。「自分は今は心から父に対して愛情を感じていた。そして過去の様々な悪い感情が総てその中に溶け込んで行くのを自分は感じた」と書かれています。

九月二日、主人公は上京し、家族そろって、山王台の料理屋で会食し、父とは溜池で別れました。

別れる時、その日は自然に父の眼に快い自由さで、愛情の光りの湧《わ》くのを自分は見た。自分は和解の安定をもう疑う気はしない。（十六章）

「父の眼」ということばが、さきほどの引用文のなかに三回、右の引用文のなかには一回使われています。「自分」に対している「父の眼」のなかに、「或る表情が現われ」（「愛情の光りの湧く」)、それを「自分」は「見る」、そして、「心と心の触れ合う快感と亢奮」を感じた、作者はそう書いています。いまはこのことを指摘するだけにしておきます。それ以上のことについては、また終章でのべることにしたいと思います(二四五頁)。

『和解』の最後は、叔父が書き送った「東西南北帰去来/夜深同見千岩雪」という『碧巌録』五一則の「頌」の言葉で結ばれています。この言葉の前の部分を加えて引用してみます(下に試訳を示します)。

明暗双双底時節　明るみと暗闇が同時に存在するとき
同条生也共相知　生を同じくすることを互いに知る
不同条死還殊絶　死を同じくするのではないことがかえって際立つ
還殊絶　かえって際立つ
〔一句略す〕　〔一句略す〕
南北東西帰去来　南の人、北の人、東の人、西の人、さあ故郷に帰ろう
夜深同見千岩雪　深い夜(の闇)のなかに、共に眺める、千山の雪(の明るみ)を

「東西」と「南北」が志賀直哉の引用とは入れ代わっていますが、意味に違いはありません。禅で、見性(悟り)のことを身心脱落ともいいます。身心脱落というのは、「己が身心を亡泯

せる真空無我の妙境」（宇井伯寿監修『仏教辞典』大東出版社）のことです。そのとき、分別する心、すなわち、〈わたし〉という主体と、その〈わたし〉にたいする客体の対立は消滅しています。それが、「真空無我の妙境」であり、この妙境は、「明るみと暗闇が同時に存在するとき」（「明暗双双底時節」）に開けます。頌の末尾の深い夜のなかの千山の雪は身心脱落の境地を視覚的に表現した比喩にほかなりません。そこは人間の帰るべき故郷です。人間は本来そこから生まれ出たのですから。生のありかたを垂直にたどるとき、その極限には深い夜の暗闇があり、その闇のなかにほのかに白い雪のように明るみがさしています。その明るみに照らされてすべての生あるものが一体のものであることが知られます。死は、明るみをつつむこの深い夜の闇のなかに消えることであり、その行方は知れません。生命あるものは生において一つであり、死において孤絶しています。志賀直哉は、永年にわたる父と子の不和の解消（父と子の和解）が、深い夜のなかで千山の雪を共に見ることにもとづく、と（叔父から届いた手紙の形で）書いているのです。見事な配置です。

ちなみに、和解の翌年（一九一八年）の一月に三冊目の短篇集が刊行されていますが、その題名は『夜の光』です。しかし、『夜の光』という作品は短篇集のなかには収録されていません（そういう名前の作品はそもそも書かれてはいないのです）。「夜の光」というのは、夜の明るみのことです。(2)短篇集のページを開くと、右ページの上の欄に短篇集の名前である「夜の光」の文字が、左ページの上の欄には当該作品名が、同じ大きさ（しかも、本文の文字よりも

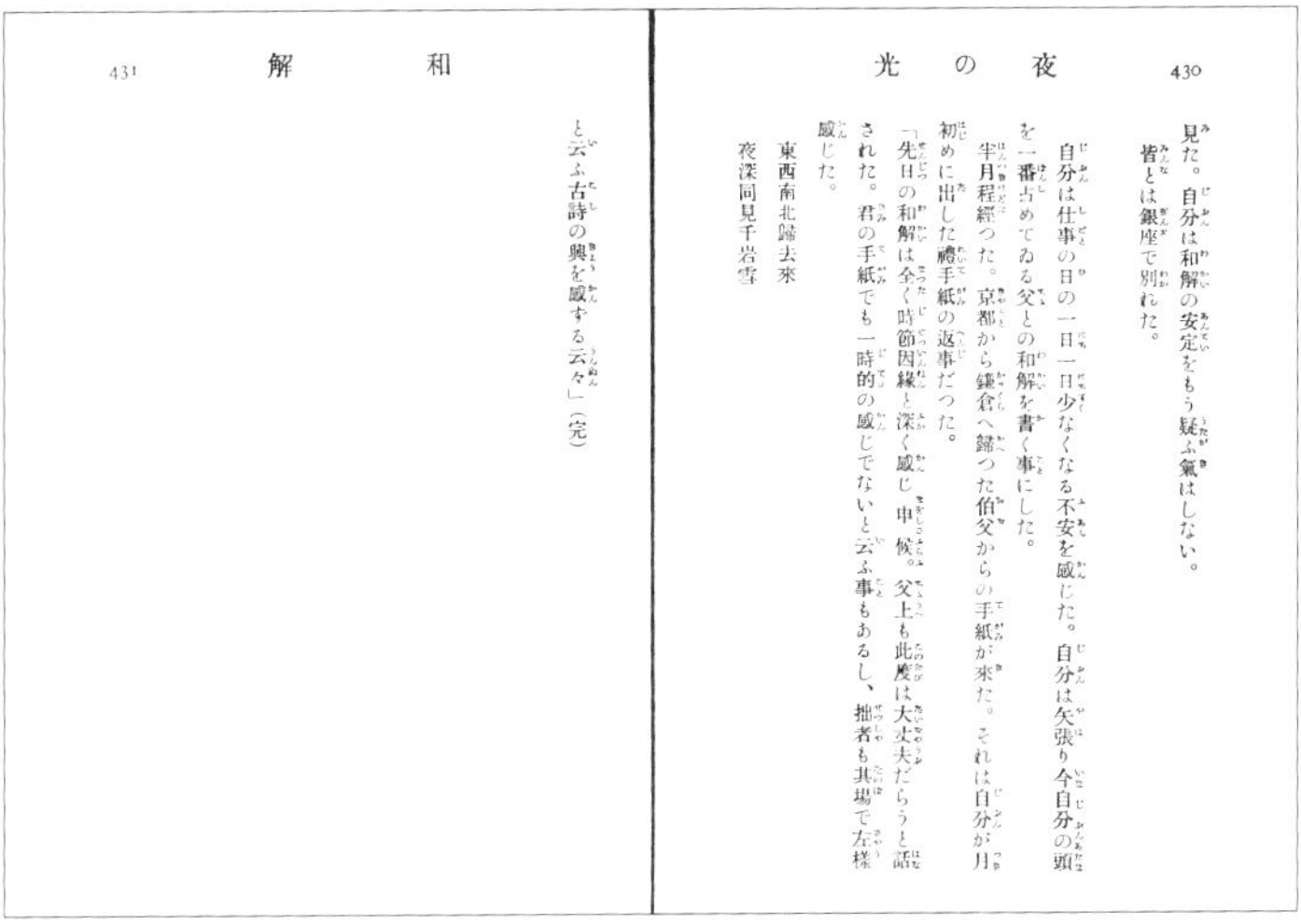

夜の光　430

見《み》た。自分《じぶん》は和解《わかい》の安定《あんてい》をもう疑《うたが》ふ氣《き》はしない。
皆《みんな》とは銀座《ぎんざ》で別《わか》れた。

自分《じぶん》は仕事《しごと》の日《ひ》の一日《にち》一日《にち》少《すく》なくなる不安《ふあん》を感《かん》じた。自分《じぶん》は矢張《やは》り今《いま》自分《じぶん》の頭《あたま》を一番《ばん》占《し》めてゐる父《ちゝ》との和解《わかい》を書《か》く事《こと》にした。

半月程《はんつきほど》經《た》つた。京都《きやうと》から鎌倉《かまくら》へ歸《かへ》つた伯父《をぢ》からの手紙《てがみ》が來《き》た。それは自分《じぶん》が月《つき》初《はじ》めに出《だ》した禮手紙《れいてがみ》の返事《へんじ》だつた。

「先日《せんじつ》の和解《わかい》は全《まつた》く時節因縁《じせついんねん》と深《ふか》く感《かん》じ申《まをし》候《さふらふ》。父上《ちゝうへ》も此度《このたび》は大丈夫《だいぢやうぶ》だらうと話《はな》された。君《きみ》の手紙《てがみ》でも一時的《じてき》の感《かん》じでないと云《い》ふ事《こと》もあるし、拙者《せつしや》も其場《そのば》で左様《さやう》感《かん》じた。

東西南北歸去來
夜深同見千岩雪

と云《い》ふ古詩《こし》の興《きよう》を感《かん》ずる云々《うんぬん》」(完)

431　和解

図４「短篇集『夜の光』の最終頁」

一段と大きな文字）で印刷されています。この短篇集の収録作品の一番最後には『和解』が置かれています。そして、『和解』の最後の見開きページの右上には「夜の光」の大きな文字があり、そのすぐ下に「東西南北帰去来／夜深同見千岩雪」という『碧巌録』の言葉が印刷されています。左ページは作品の最後の一行だけ印刷されており、あとは空白、その上に「和解」という大きな文字がありますす。これもまた、さりげない見事な配置だといわねばなりません。

夜の明るみの話で、私たちは、再びこの本の最初にお話した『城の崎にて』の地点に戻ってきました。『和解』と同じ年（一九一七年）の、五月に発表された『城の崎にて』は死と融合する場面で終わっています。そのとき、「自分」と称している主人公（＝作者）

の〈わたし〉は、すでにのべましたように、解体し、消滅した状態にありました（「もうかなり暗かった。視覚は遠い灯を感ずるだけだった。足の踏む感覚も視覚を離れて、如何にも不確かだった。只頭だけが勝手に働く」）。そういう状態にあったことが、「一層そういう気分（「生きている事と死んで了っている事と、それは両極ではなかった。それ程に差はないような気がした」ということ）に自分を誘って行った」と書かれています。うっかりすると読み過ごしてしまいそうなほど短い、実にさりげない記述ですが、この〈わたし〉の解体の記述の背後には、いつのことか時期を特定することはできませんが、夜の明るみ（夜の光）の体験が潜んでいるように思われます。『城の崎にて』に登場するのは蜂や鼠や蠑螈と主人公だけであり、主人公はこれらの小さな生きものたちに完全に同情し共感していきます。蜂や鼠や蠑螈は作者と、『碧巌録』のいうところの、「同条生」（生を同じくする。同じ一つの生命）なのです。そして、この事態は夜の明るみ（夜の光）の照明のもとにおいて真の姿で顕現します。『和解』と『城の崎にて』は、このような意味で、同根の作品です。「生きている事と死んで了っている事と、それは両極ではなかった。それ程に差はないような気がした」という『城の崎にて』の心境からの転換を決定したのは、次女留女子の誕生でした。こうして、「同条生」に根ざした和解が成立したのです。

志賀直哉の父との和解についてもう少し話を続けます。話は感情にかんすることです。父に会おうとするとき、主人公は「とにかく会った上の成行きに任せるより仕方がない」と思います。「感情の上の事に予定行動が取れるかのように、又取らす事が出来るかのように思うのは誠に愚かな事」と考えるからです（十二章）。同じことがもう一度でてきます。「それは大部分感情の上の事ですもの、予定して行ったところでその通り運ばすことは出来ません……」（十三章）。つまり、父との不和、またその解消はすべて「感情の上の事」であるというのです。そこには、「理屈」（ということばはあまりよい意味では使われませんが、「論理」といっても同じことですが）の介入する余地はないということです（父に手紙を書こうとしたときに、「理屈でいいならそれは易しい事だった」が、「理屈」では、「実際で何の役にも立たない」と書かれていたことを思い出してください）。そして、父と和解が成立したときには、「感情に何の無理もない」（十四章）、あるいは、「気持ちに少しも無理がない」（十六章）といわれています。人は感情において、「心と心の直接の触れ合い」（九章）を感じるのであり、主人公は、父の自分にたいする、また自分の父にたいする愛情のなかに「心と心の触れ合う快感と亢奮」（十五章）を感じているのです。父とその嫡子である主人公（＝作者）との和解を知って、家族の皆も昼食のとき、「その胸に通い合う和らいだ嬉しい感情」に浸るのです（十四章）。

ですから、皆が感極まって泣くのです。父が泣きます。「自分」も泣きます。叔父（この叔父は、かつて日露戦争に出征するさいに作者が心をこめた贈り物をしようとした人であり、作品の終わりで『碧巌録』のことばを主人公（＝作者）に書き送って和解を祝福している人です）は、声を上げて泣きます。母も泣きます。鎌倉の妹が泣きます。祖母の妹が、国に帰って、皆に話すと、皆は一緒に泣き出します。

小林秀雄は、「人々は『和解』を読んで泣くであろう。……泣かない人があったとしたらそれは君の心臓が枯渇しているからではない。君の余り悧巧でもない脳髄が少々許り忙しがっているに過ぎない」といっています。理屈ではない、というわけです。もっと過激に、泣かない人は日本人の心を持っていないからだ、という人もでてきます。泣かない人は、人で無しである、というのです（斉藤由貴が歌っていた「卒業」という歌の文句に「卒業式で泣かないと冷たい人と言われそう」という一節があったのを思い出します）。これにたいして、安岡章太郎の「正直にいえば私は『和解』を読んで皮肉ではなしに一億総ザンゲを感じる」という批評もあります。「一億総ザンゲ」というのは、敗戦直後に戦後処理内閣の東久邇《ひがしくに》首相が唱えた没論理（ないしは超論理）のスローガンで、敗戦の責任は国民すべてにあるというものです。安岡は、「私たちが一億一心の一人であること、つまりまわり中の誰もが肉親であることを、どうしようもない」とも語っています。一億一心の肉親どうしであるなら、そこで通用するのは論理（それは、たんなる理屈にすぎないということになってしまいます）ではなく、情であり、同調しないものは排除されてしまうのです。感情には、とくにこの日本における感情のありかたには、問題があるのです。

志賀直哉の、すべては「感情の上の事」であるというのは、ここでは、父との関係においていわれていることばです。しかし、それは、たんに父との関係においてのみならず、志賀直哉の生の姿勢全般に関わる事柄でもありました。一九一二（明四五）年三月二十九日の日記につぎのような記述があります。

「感情から生まれた思想か、さもなければ考察から生まれた思想がその人の感情となるまではそれはその人の思想ではない」こんな事を思った。

感情と思想と全く離れたなりの人が多い。

たとえば、『暗夜行路』には、「彼は考えた。――彼の感情はなかなかそこまで行かなかったけれども」という一節があります（二の十三）。感情が、考えにまで届いて、考えが感情となるのが望ましいというのです。このように、志賀直哉の感情を重視する姿勢は一貫しています（この点でも、日本文化は情の文化である、といった西田幾多郎と相通じるところがあります）。

志賀直哉の姿勢には、ある人の思想（考え、考えたこと）が真にその人の思想といえるかどうかは、その思想が感情から生まれたものであるかどうか、あるいは、思想が感情となっているかどうかによるという、感情を試金石にして思想の真と疑を判断するところにあります。このような姿勢は、感情にだけ重心をおいて思想を見るという方向に限定されていたので思想が狭くなるという弱点ももってはいました。感情は思想――正確にいえば、思想を生みだすものとしての思考――によって広がりをもち深まっていく、そのことによって感情に支えられた思想が広がり深まっていくという、思考の能動性を認めるもう一つの別の方向を同時にとりえなかったからです。

しかし、志賀直哉のこのような姿勢は日本の近現代の精神の歩みにおいて際立った有効性をもつものでした。明治時代に入って西洋の思想や文化が奔流となって流入します。それまでの日本にはなかった無数の概念が翻訳というしかたで日本語になりました（翻訳語とは、つまり、その実質がないのに、日本語として言葉だけが存在するようになったものです）。奔流となって流入する西洋の思想や文化、日本語としてもともとあったかのように錯覚されがちな無数の翻訳語の氾濫のなかで、頭は西洋の思想で生きており、心は伝統的な感情で生きているという、それ以前には見られなかった新しいタイプの人間が誕生します。新たな西洋式の学校教育制度もそれを助長しました。こうして、志賀直哉がいうように、「感情と思想と全く離れたなりの人」が、とくに知識人のなかに、多く見られるようになりました。それらの人びとは、西洋と日本のあいだに生じた迷路のなかにのみ込まれていったのです。文学者でいえば、たとえば、志賀直哉と面識のあった芥川龍之介や太宰治はそういう人たちであったように思われます。太宰のことはまたあとでのべることにしますが、芥川と会ったときのことを志賀直哉は、つぎのように書いています。

芥川君は三年間程私が全く小説を書かなかった時代の事を仕切りに聞きたがった。そして自身そういう時期に来ているらしい口吻で、自分は小説など書ける人間ではないのだ、というような事をいっていた。

芥川君は……「芸術というものが本統に分かっていないんです」といった。

芥川君は始終自身の芸術に疑いを持っていた。

（以上、『沓掛にて——芥川君のこと』全二）

芥川龍之介のほうは、志賀直哉について、どのように語っているでしょうか。

しかし描写上のリアリズムは必ずしも志賀直哉氏に限ったことではない。同氏はこのリアリズムに東洋的伝統の上に立った詩的精神を流しこんでいる。同氏のエピゴオネンの及ばないのはこの一点にあると言っても差し支えない。これこそ又僕等に——少なくとも僕に最も及び難い特色である。僕は志賀直哉氏自身もこの一点を意識しているかどうかは必ずしもはっきりとは保証出来ない。（あらゆる芸術的活動を意識の閾の中に置いたのは十年前の僕である。）しかしこの一点はたとえ作家自身は意識しないにもせよ、確かに同氏の作品に独特の色彩を与えるものである。（『文芸的な、余りに文芸的な』）

理知的な芥川が、「僕に最も及び難い特色である」といっている「東洋的伝統の上に立った詩的精神」は、右にのべたような、感情に軸足を置く志賀直哉の生の姿勢からおのずから生まれたものでした。志賀直哉自身は、「東洋的伝統の上に立った詩的精神」であると意識していたかどうかはわかりませんが、日本の伝統の上に立った精神であるとは意識していたように思われます。芥川は、「ばくぜんとした不安」に駆られて自殺しました。芥川龍之介と対比してみますと、志賀直哉の着実さと強靱さは、感情を重視する（思想を感情の次元で判断しようとする）態度から生み出されていることがはっきりするのではないでしょうか。

ところで、『和解』の一節に、和解後に青山墓地で皆と別れて四谷の友人の家に寄る場面がありますで（そこで、義母に礼状を書きました）。友人の家で、「自分」は「非常に身体も心も疲れて来た」のを感じます。そのさきに、つぎのように書かれています。

そしてそれは不愉快な疲れ方ではなかった。濃い霧に包まれた山奥の小さい湖水のような、少し気が遠くなるような静かさを持った疲労だった。長い長い不愉快な旅の後《あと》、漸《ようや》く自家《うち》へ帰って来た旅人の疲れにも似た疲れだった。（十四章）

「長い長い不愉快な旅」というのは、もちろん、『脣が寒い』（全八）にも語られているように、父親との「永い永い不和」のことを指すでしょう。しかし、それだけではないように思われます。「旅」という語には、さらに、永い永い父との不和のあいだに経験した心の旅路、いいかえるならば、感情の旅路、の意味が込められているように思えます（わたしたちは、その旅路をここまでたどってきたわけです）。いま、「漸く自家へ帰って来た旅人」は、自分がたどってきた「長い長い不愉快な旅」を振り返って、「濃い霧に包まれた山奥の小さい湖水のような、少し気が遠くなるような」疲労感を感じています。しかし、その疲労感は、「漸く自家へ帰って来た」安らぎのなかで、「濃い霧に包まれた山奥の小さい湖水のような、静かさ」に満たされています。旅人は「自家へ帰って」きました。「自家」というのは、たんなる自分の家（志賀直哉の父の家）を意味するのではなく、家郷（故郷）を意味するでしょう。こうして、『城の崎にて』という作品の結びの『碧巌録』の言葉、「帰去来」（詩人陶淵明のことばです）と呼応する布石となっています。

太宰治は、『人間失格』を書き上げた一ヵ月後に自殺しました。この作品のなかに、主人公の大庭葉蔵が、「東京に大雪の降った夜」に、「酔って銀座裏」を「降りつもる雪を靴先で蹴散らし」ながら歩いていて、喀血する場面があります。そのとき、「小声で繰り返し繰り返し呟くように歌っ」ていたのは、「ここはお国を何百里」という歌です。この歌を知っている人ならば、「何百里」の後に続く「離れて遠い……」ということばが響いてくるはずです。葉蔵は、「しばらくしゃがんで、それから、よごれていない個所の雪を両手で掬い取って、顔を洗いながら泣きました」。そのとき、「哀れな童女の歌声」で、「こうこは、どうこの細道じゃ？／こうこは、どうこの細道じゃ？」という歌が、「幻聴のように、かすかに遠くから聞こえます」（第三の手記）。

葉蔵は、「お国」を遠く離れて、どこの「細道」かわからない迷路をさまよっているのです。葉蔵は、「神の愛は信ぜられず、神の罰だけを信じている」と書かれていますから、父なる神を信じることができなかったのです。神は愛だからです。雑誌社に勤めているシヅ子の家にころがりこんで居候しながら雑誌の連載漫画を画いているうちに、「ふいと故郷の家が思い出され、あまりの侘しさに、ペンが動かなくなり、うつむいて涙をこぼした事もありました」。シヅ子の子供であるシゲ子に、何故葉蔵がお祈りをしても神様が何もくださらないのか理由を聞かれて、「親のいいつけに、そむいたから」と答えています。妻のヨシ子が強姦された後、ヨシ子が隠し持っていた睡眠剤を一瓶飲みほして、三昼夜死んだように眠っていて、覚醒しかけて、いちばんさきに呟いたうわごとは、「うちへ帰る」という言葉でした。葉蔵は、精神病院に三ヵ月間収容されます。退院後に、父が死んだことを知って、「父が、もういない、自分の胸中から一刻も離れなかったあの懐かしくおそろしい存在が、もういない」と思うと、葉蔵は、「自分の苦悩の壺がからっぽになったような気がしました」。キリスト教の父なる神と血縁の父とのあいだで苦悩しながら、父なる神も信じられず、血縁の父と和解もできなかった葉蔵（＝太宰治）にとって、「自分がいままで阿鼻叫喚で生きて来た所謂「人間」の世界に於いて、たった一つ、真理らしく思われた」のは、「ただ、一さいは過ぎて行きます」、それだけでした（第三の手記）。

志賀直哉の「長い長い不愉快な旅」の話にもどりましょう。この「長い長い不愉快な旅」は、父との和解後に、形を変えて作品化されます。それが、一九二一年から途中何度も中断しながら一九三七年にかけて雑誌『改造』に発表されて完成した『暗夜行路』です。この作品のもとになった草稿群が尾道時代、松江時代に書かれています（そのことはすでにお話ししました。漱石の依頼によって新聞の連載小説を書こうとしたときもそうです）。しかし、それらは父との不和・対立をテーマにして書かれたものです。父と和解した後では、このテーマはもはや作者の執筆意欲をそそるものではありませんでした。そこで、作者は、『暗夜行路』を書くにあたって、主人公時任謙作が、父の実の子ではなく、祖父と母のあいだに生まれた不義の子である、また、妻の直子が従兄と過ちを犯すという、二つの虚構を設定して、そのような構想のもとに、草稿群に手をくわえながら、主人公に託してみずからの苦悩にみちた「長い長い不愉快な旅」をたどり直しているのです（実は、『和解』には、この「長い長い不愉快な旅」は、ほんの一部しか描かれていませんでした）。ですから、これまでお話してきた志賀直哉の精神的転回については、『暗夜行路』のなかにも当然でてくることになります。そのことは、すでに、少しふれましたが（一五三／一五四頁）、ここでは違った箇所をとりあげてみたいと思います。

『暗夜行路』前篇のなかほどに、謙作が船で神戸まで行く場面があります。夜、寝る前にもう一度、外の景色を見ようと思って、甲板へでたときのことです。「真暗な夜で、見えるものは何にも」ありませんでした。「只マストの高い処に小さな灯が一つ、最初星かと思った程に遠く見えただけ」でした。誰もいません。強い風が吹いていて、「ヒュー〳〵と風の叫び、その風に波がしらを折られる、さあ〳〵というような水音」だけが聞こえました。「船は風に逆らい、黙って闇へ突き進」んで行きます。「それは何か大きな怪物のように思われ」ました。謙作は、「外套にくるまって、少し両足を開いて立って」いましたが、「それでも、うねりに従う船の大きい動揺と、向い風とで時々よろけそうに」なりました。

　彼は今、自分が非常に大きなものに包まれている事を感じた。上も下も前も後も左も右も限りない闇だ。その中心に彼はこうして立っている。総《すべ》ての人は今、家《うち》の中に眠っている。自分だけが、一人自然に対し、こうして立っている。総ての人々を代表して。と、そういった誇張された気分に彼は捕えられた。それにしろ、やはり何か大きな〳〵ものの中に自身が吸い込まれて行く感じに打克てなかった。これは必ずしも悪い気持ちとは云えなかったが何か頼りない心細さを感じた。彼は自身の存在をもっと確かめようとするように殊更《ことさら》下腹に力を入れ、肺臓一杯の呼吸をしていたが、それをゆるめると直ぐ、又大きなものに吸い込まれそうになった。（前篇、第二の一）

謙作はいま、闇のなかで、「非常に大きなものに包まれている事を感じ」ています。そして、この「何か大きな〳〵ものの中に自身が吸い込まれて行く感じ」がします。それは、「必ずしも悪い気持ちとは云えなかった」のですが、「何か頼りない心細さ」を感じます。そこで、彼は、「殊更下腹に力を入れ、肺臓一杯の呼吸をして」、「自身の存在をもっと確かめようとするように」、「自身が吸い込まれて行く感じ」に抵抗しようとしますが、「それをゆるめると直ぐ、又大きなものに吸い込まれそうになった」というのです。

ここで謙作は、「自然に対し」て「立っている」のです。自然に対して立っているときには、自然と対立する謙作の〈わたし〉が存在しています。謙作はその〈わたし〉のもとにおり、自然はその〈わたし〉に対立して存在しています。「上も下も前も後も左も右も限りない闇」です。「その中心に彼はこうして立っている」と書かれていますが、〈わたし〉が存在するから、そこに「中心」が成立するのです。「中心」となっているその〈わたし〉から見て、上下、前後、左右ということが成立します。「自身の存在をもっと確かめようとするように」というのは、そのような中心としての〈わたし〉の存在をもっと確かめようとするように、ということです。それだけではありません。こうして立っている謙作（の〈わたし〉）は、「総ての人」が「家の中に眠っている」この夜中に、「自分」が「一人」だけで、「総ての人々を代表して」、「自然に対し、こうして立っている」という「気分」に捕らえられているのです。「……総ての人々を代表して。と、そういった誇張された気分に彼は捕えられた」と書かれています。ここで、「総ての人は今……総ての人々を代表して」というのは謙作の気分の内容です。「と、そういった誇張された……」というのは、謙作を眺めている作者の説明であって、謙作自身に、いま、自覚されていることではありません。作者が「誇張された」といっている、その内実は、謙作にとっては、「誇大な」、「不遜な」、「思い上がった」ということを意味します（もっとも、それは、転回後に、そのように――「誇大だった」、「不遜だった」、「思い上がっていた」と――自覚できるわけですが）。

謙作の基調的な気分を示すために、少し長くなりますが、作品中の謙作の日記の部分から引用してみます。

――何か知れない重い物を背負《しょ》わされている感じだ。気持ちの悪い黒い物が頭から被《おい》かぶさっている。頭の上に直ぐ蒼穹《そうきゅう》はない。重なり合った重苦しいものがその間《あいだ》に拡がっている。全体この感じは何から来るのだろう。

――日暮れ前に点《と》ぼされた軒燈の灯《ひ》という心持だ。青い擦硝子《すりがらす》の中に橙色《だいだいいろ》にぼんやりと光っている灯が幾ら焦心《あせ》った所でどうする事も出来ない。擦硝子の中からキイ〳〵爪を立てた所で。日が暮れて、灯は明るくなるだろう。が、それだけだ。自分には何物をも焼き尽くそうという欲望がある。これはどうすればよいか。狭い擦硝子の函《はこ》の中にぼんやりと点《と》ぼされている日暮れ前の灯《あか》りにはその欲望はどうすればよいか。嵐来い。そして擦硝子を打破って呉れ。そして油壺を乾いた板庇《いたびさし》に吹き上げて呉れ。自分は初めて、火になって燃え立つ。そんな事でもなければ、自分は生涯、擦硝子の中の灯りでいるより仕方ない。〔この段落の部分に相当する文章は、以前に、草稿から引用したことがあります。一三六／一三七ページ〕

――とにかく、もっと〳〵本気で勉強しなければ駄目だ。自分は非常に窮屈だ。仕事の上でも生活の上でも妙にぎこちない。手も足も出ない。何しろ、もっと〳〵自由に伸《のん》びりと仕たい事をずん〳〵やって行けるようにならねば駄目だ。……嵐を望む軒燈の油壺では仕方がない。

――或るところで諦《あきら》める事で平安を得たくない。諦めず、捨てず、何時《いつ》までも追求し、その上で本統の平安と満足とを得たい。本統に不死の仕事を仕た人には死はない。……（前篇、第一の九）

謙作には、このような彼自身の「仕事に対する執着から苛立ち焦る……気持」がありました。この気持ちは、「人類一般の何でも彼でも、発達しようと焦りぬいている仕事に対する男の本能」の一環であると彼は考え、「そういう本能的な欲望の奥にはやはり人類の永生を願う、即ち与えられた運命に反抗し、それから逃れ出ようとする、共通な大きな意志を見ないではいられ」ませんでした（前篇、第一の九）。ですから、彼は、「海上を、海中を、空中を征服していく人間の意志を讃美して」いました。「そういう人間の無制限な欲望」は、「何時かは滅亡すべき運命を持ったこの地球から殉死させずに人類を救出そうという無意識的な意志である」と考えていました。「当時の彼の眼には見るもの聞くもの総てがそう云う無意識的な人間の意志の現われとしか感ぜられなかった」のです。「男という男、総てその為焦っているとしか思えませんでした。「彼自身、その仕事に対する執着から苛立ち焦る自分の気持をそう解するより他はなかった」のです（後篇、第四の十四）。

ところが、大山に滞在しているうちに、謙作は、「青空の下、高い所を悠々と舞っている鳶の姿を仰ぎ、人間の考えた飛行機」を「醜い」と思うようになります。「人間が鳥のように飛び、魚のように水中を行くという事は果して自然の意志であろうか。こういう無制限な人間の欲望がやがて何かの意味で人間を不幸に導くのではなかろうか。人智におもいあがっている人間は何時かその為め酷い罰を被る事があるのではなかろうか」と思います。そして、「遂に人類が地球と共に滅びて了うものならば、喜んでそれも甘受出来る気持ちになって」いました。

作者は、続けて、謙作が「仏教の事は何も知らなかったが、涅槃とか寂滅為楽とかいう境地」に不思議な魅力を感じていた、また、恵心僧都が空也上人のもとを訪れて、空也上人から、「穢土を厭い浄土を欣ぶの心切なれば、などか往生を遂げざらん」と聞いて涙を流したという話（草稿に書かれているこの話はすでに紹介しました）を読んで、謙作は「恵心僧都と共に手を合せたい気持ちがした」、と書いていますう（後篇、第四の十四）。直子に宛てた謙作の手紙には、「自分にこびりついていた、想い上がった考が……気持ちよく溶け始めた感」じがしており、「謙遜な気持から来る喜び」を感じるようになった、と書かれています。このように、謙作の精神的転回は、「想い上がった考」から「謙遜な気持」への転回として生じています。

謙作は、人間の「無制限な欲望」の背後にある「無意識的な意志」、この「大きな意志」が「人類の永生を願い」、「与えられた運命に反抗し、それから逃れ出ようとする」のである、と思っていましたが、「永生を願い」、「与えられた運命に反抗し、それから逃れ出ようとして」いたのは、実は、謙作自身の〈わたし〉だったのです。それを人類に仮託していただけなのです（このことは、一五三頁でのべました）。謙作の、転回の背後ないしは基底にあるのは、謙作の〈わたし〉の転回なのです。その転回がどのような境地にいきついたかを描いているのが、『暗夜行路』後篇の最後の、深夜の大山登山の情景です。

蓮浄院に滞在していた同宿の仲間にいれてもらって一緒に曙光を見ようと夜中に頂上をめざした謙作は、疲労のため、皆についていくことができなくなり、途中に一人残ることにしました。彼は萱の生えた草むらに、山を背にして腰をおろしています。「遠く上の方から、今登って行った連中の「六根清浄、お山は晴天」という声が二三度聴えて来」ました。「それからはもう何も聴えず、彼は広い空の下に全く一人になり」ました。「冷々した風が音もなく萱の穂を動かす程度に吹いて」いました。

疲れ切ってはいるが、それが不思議な陶酔感となって彼に感ぜられた。彼は自分の精神も肉体も、今、この大きな自然の中に溶込んで行くのを感じた。その自然というのは芥子《けし》粒《つぶ》程に小さい彼を無限の大きさで包んでいる気体のような眼に感ぜられないものであるが、その中に溶けて行く、――それに還元される感じが言葉に表現出来ない程の快さであった。何の不安もなく、睡い時、睡《ねむり》に落ちて行く感じにも多少似ていた。……大きな自然に溶込むこの感じは彼にとって必ずしも初めての経験ではないが、この陶酔感は初めての経験であった。これまでの場合では溶込むというよりも、それに吸込まれる感じで、或る快感はあっても、同時にそれに抵抗しようとする意志も自然に起るような性質もあるものだった。しかも抵抗し難い感じから不安をも感ずるのであったが、今のは全くそれとは別だった。彼にはそれに抵抗しようとする気持は全くなかった、そしてなるがままに溶込んで行く快感だけが、何の不安もなく感ぜられるのであった。

静かな夜で、夜鳥《よどり》の声も聴えなかった。そして下には薄い靄《もや》がかかり、村々の灯《ひ》も全く見えず、見えるものといえば星と、その下に何か大きな動物の背のような感じのするこの山の姿が薄く仰がれるだけで、彼は今、自分が一歩、永遠に通ずる路に踏出したというような事を考えていた。彼は少しも死の恐怖を感じなかった。然し、若し死ぬならこのまま死んでも少しも憾《うら》むところはないと思った。然し永遠に通ずるとは死ぬ事だという風にも考えていなかった。（後篇、第四の十九）

作者は、船で神戸まで行く途中、夜、一人きりで甲板に立っていた謙作（この話はさきほどしましたが）と比較しながら、いま、深夜に一人、大山の山腹に腰を下ろして坐っている謙作について語っているのです。神戸に行く途中の謙作が感じていたのは、自然のなかに「溶込むというよりも、それに吸込まれる感じで、或る快感はあっても、同時にそれに抵抗しようとする意志も自然に起るような性質もあるもの」でしたが、抵抗しようとしても、「抵抗し難い感じから不安をも感ずる」ようなものでした。しかし、いまは全く違います。いまは、「この大きな自然の中に溶込んで行く」、――「吸込まれる」のではなく、「溶込んで行く」――、「彼にはそれに抵抗しようとする気持は全くなかった、そしてなるがままに溶込んで行く快感だけが、何の不安もなく感ぜられるのであった」と書かれています。謙作の精神と肉体は、「芥子粒程に小さい」ものに感じられ、「無限の大きさで包んでいる気体のような眼に感ぜられない」大自然のなかに、「溶けて行く、――それに還元される感じが言葉に表現出来ない程の快さであった」というのです。

謙作にとって「初めての経験」だった、この「陶酔感」は、謙作の〈わたし〉が大自然のなかに溶解し、消滅していくことから生じています。それが、「この大きな自然の中に溶込んで行く」感じです。船の甲板に立っていたときには、〈わたし〉が存在し続けていたために、「吸込まれる」感じがしたのです。謙作が「今、自分が一歩、永遠に通ずる路に踏出したというような事を考えた」のは、〈わたし〉が消滅することによって、時の流れが止まる（時が流れなくなる）からです。[3]「少しも死の恐怖を感じなかった」のは、〈わたし〉が自然のなかに消滅することによって、〈わたし〉の消滅の恐怖（＝死の恐怖）そのものが消滅するからです。ここで「永遠」といわれているのは、〈わたし〉の消滅によって、時の流れが消滅し、〈わたし〉の消滅の可能性そのものが消滅することを意味しており、船上に立っていた謙作の場合のように、時の流れに抗して存続するものに〈わたし〉の「永生」を託すのとは異なっています。

謙作の〈わたし〉が自然のなかに溶けこむことによって、謙作と自然とはもはや対立するものではなくなり、一体のものになります。こうして謙作は自然と和解したのです。『和解』という作品では、「長い長い不愉快な旅」のあとで、父と和解したことが語られています。父と和解後に書かれた『暗夜行路』では、「長い長い不愉快な旅」のあとに訪れた自然との和解が描かれているのです。『暗夜行路』における謙作の精神的転回は、自然との対立から、和解へという転回でもあるわけです。その基底にあるのが、〈わたし〉の存立から消滅への転回なのです。〈わたし〉の消滅を、〈わたし〉の解体として描いたのが、最初にお話しました『城の崎にて』でした。『城の崎にて』と同じ年に書かれた『和解』では、その消滅の光景が、『碧巌録』の言葉を借りて、「夜深くして同じく見る千岩の雪」（深い夜の闇のなかに、共に眺める、千山の雪の明るみを）と語られていました。同じ消滅の光景が、『暗夜行路』では、大山の光景として描写されています（そのような心境にある謙作の目前に開ける大山の夜明けはとても美しい光景です)。

志賀直哉の青年時代は、〈わたし〉の転回が成就した一九一七(大六)年に終わりを告げます。この転回を遂げることによって、永年不和・対立の状態が続いた父と和解することができました。青年時代の反抗、闘争、焦燥、不安は、何ものかにたいしてという形をとりますが、実は真の自己を求める彷徨の過程で生じるものです。ですから、父との和解は自己自身との和解であったともいうことができるのです。「大山の十日間は自分には忘れられない。この間に思ったり、仕たりした事の意味をいまにハッキリさすつもりだ」と考えていた、一九一四(大三)年の大山の貴重な体験は、父と和解した後に、体験から二十年以上の年月を経て、『暗夜行路』後篇の最後の大山の場面として見事に定着することができたのです。

注

(1) 作者はこの作品について、「事実ありのままの小説」で「受けた感じは素直に且つ正直に書けたつもりである」と語っています(「創作余談」全八)。事実ありのままであるとか、素直に正直に書けたなどといういいかたはいかにも志賀直哉らしい表現です。作品のなかに書かれている出来事は、作者が語っているように、すべて実際に起きた事実です。だからといって、作品が全体として事実ありのままであるかどうかということにかんしては問題があります。作者の言葉は、城崎滞在当時ではなく執筆の時点で(あるいは、執筆の時点を回顧している時点で、というほうが正確かもしれませんが)

作者がそのように考えているのだ、と受けとめるべきだと思います。

（2）「夜の光」は〈わたし〉の消滅（＝〈わたし〉の無化）によって顕現します。〈わたし〉の消滅によって感覚的な光も消滅し、魂は夜の闇に覆われます。そこに非感性的な光が輝きでるのです。「夜の光」について語っているのは志賀直哉だけではありません。ほかに、三人の人物をあげておきます。一人はドイツの哲学者ヘーゲル（一七七〇〜一八三一）、もう一人もドイツの哲学者ハイデガー（一八八九〜一九七六）、そして最後は日本の哲学者西田幾多郎（一八七〇〜一九四五）です。

ヘーゲルは『フィヒテとシェリングとの哲学体系の差異』（一八〇一）のなかで、「絶対者は夜である。そして、光は夜よりも若い……無が最初のものであり、そこから、一切の有、有限なものの多様性のすべてが生まれでた」と書いています。この「夜と光」は感覚的な「夜と光」ではなく、感覚を越えた、人間精神の根源に存在する極限の光景を表現しているのです。ヘーゲルの「夜と光」は、「魂の内なる夜」と、その夜のなかに輝きでる光のことを意味しています。西欧のキリスト教神秘主義思想の伝統のなかに「魂の夜」という体験が底流として存在しますが、ヘーゲルもその伝統に棹さしているのです。このような「夜と光」の体験がヘーゲルの思想を決定しています。ヘーゲルの弁証法はこの体験を論理化することによって生みだされたのです。

ハイデガーは自分の思想の根源が「無の根本経験」にあると語っています。この「無の根本経験」において開けているのが「明るい夜」です。ハイデガーの基本用語の一つである「明るい開け」（Lichtung）は、このような「明るい夜」の体験にもとづいています。

西田幾多郎は、処女作『善の研究』のなかで偽ディオニシウスの「dazzling obscurity」（光輝く闇）について語っています。この事態は後に「言語を絶し思慮を絶した神秘的直観」（これが「見るものなく見る」ということです）としてとらえ直されて、この直観にもとづいて「絶対無」を基礎にした「場所の思想」の成立をみることになります。

なお、拙著『無の比較思想――ノーヴァリス、ヘーゲル、ハイデガーから西田へ』（ミネルヴァ書房）には、この注に記したことについて詳しく述べてあります。

（3）〈わたし〉が消滅すると何故、時が流れなくなるのでしょうか。『暗夜行路』前篇の謙作が船で神戸にむかう場面で、謙作にとって〈わたし〉が存在しているから、その〈わたし〉を中心にして、空間的な上下、前後、左右が成立するとのべました。中心となる〈わたし〉が消滅すれば、空間的な上下、前後、左右も消滅します。この〈わたし〉の消滅によって、時の流れの前後もまた消滅するのです。そして、時は流れなくなります。

終章　〈わたし〉のなりたち――父と神と自然と

志賀直哉が父と和解したこと、自然と和解したことについてお話してきました。この和解の背後ないし基底には、〈わたし〉の転回が存在していることについてもすでにのべました。終章では、志賀直哉の精神の遍歴の跡を振り返りながら、父とは何かということについて、神と自然と関連させながらお話してみたいと思います。

一九一一（明四四）年、この年は一九〇八年に内村鑑三のもとを去ってから三年後のことになりますが、志賀直哉は日記につぎのように記しています。

自然を神とするより、自然の法則に変則……を望む時に自分は神という事を要求する。運命とか自然とかを変える力のあるものを神とする場合にのみ、単純な頭で心やすく信ずる事が出来る。（一月十六日）

これは、満二十八歳を目前にした青年志賀直哉のことばです。つぎに、六十六歳のときのことばを引用してみます。

人間が頼り得る最も確かなものとしてはやはりこの自然だと思う。文学、美術の上の運動も色々あるが、やはり自然というものを手繰って行くより他に途はないと思う。稀れにそうでないものも出る事があるが、それはそれだけのもので、発展という事がない。

何にしても感じが不自然だというものは美しくない。

形のある神を自分は信じない。そんなものはあり得ない。それは神という言葉の意味にも依るけれども、僕はまあ無神論者だ。(「わが生活信条」全七)

二つの信条を比べてみますと、「自然を神とするより……運命とか自然とかを変える力のあるものを神とする」という青年時代の志賀直哉と「人間が頼り得る最も確かなものとしてはやはりこの自然だと思う。……形のある神を自分は信じない。そんなものはあり得ない」という老境の志賀直哉とのあいだには、一八〇度の転回がみられます。そして、後者への転回が明確な姿をとって現われるのが、一九一七(大六)年のことです。この年に書かれた『和解』のなかに、次女の出産の場面がありましたが、そこにつぎのような箇所があります。もう一度引用してみます。「妻は深い呼吸をしながら、自分の顔を見上げて力のない、しかし安らかな微笑を浮べた」に続く文章です（二〇八頁）。

「よし〱」自分も涙ぐましい気持をしながら首肯《うなず》いた。自分には何かに感謝したい気が起こった。自分は自分の心が明かに感謝を捧《ささ》ぐべき対象を要求している事を感じた。

（十章）

この文章は、原稿では、つぎのように書かれていて、それが抹消されて、右のような本文に訂正されました。抹消された元の文章を引用してみましょう。

「よし〱」自分も涙ぐましい気持ちをしながら首肯いた。自分には何か（それは人間以上のもの）に対して御礼が云いたい欲望が切《しき》りに起った。それは何だろあゝ解からないなりに然しともかく自分以外の「人」（例えばキリストでもいゝ）によって現わされた「神」とも異《ちが》う。それにもっと直接なものだった。その場合直接に自分に現われた何か。直接に自分に要求された何かだった。（全二、「後記」による）

本文では、きれいに整序されてしまって見えなくなってしまった作者の心情が下書きでは鮮明に見えています。下書きは、本文の「自分には何かに感謝したい気が起こった。自分は自分の心が明かに感謝を捧ぐべき対象を要求している事を感じた」と書かれている部分の内実を具体的に語っているからです。「自分」は、「何か（それは人間以上のもの）に対して御礼が云いたい」気持がしています。その「何か」は、はっきりとはわからないけれども、「人」の姿で表わされた「神」とは違って、「もっと直接なもの」であり、「直接に自分に現われた何か」、「直接に自分に要求された何か」だった、というのです。「形のある神を自分は信じない。そんなものはあり得ない」という六十六歳の作者の信条の原点をここに見いだすことができるのです。

この下書きの文章は、抹消されたわけですが、抹消の理由は、この文章が自分の心情にそぐわないからではなく、もののいいかたがあまりに雑然としていたためであるように思われます。つまり、内容が訂正されたわけではないと思われますので、もう少しこの文章にこだわってみることにします。

引用文中で、「自分以外の「人」（例えばキリストでもいゝ）によって現わされた「神」とも異う」「もっと直接なもの」、「直接に自分に現われた何か」、「直接に自分に要求された何か」と語られています。キリスト教の信仰体験を経てここに至った志賀直哉のいう「もっと直接なもの」というのは、どのようなことなのでしょうか、また、「直接に自分に現われた何か」、「直接に自分に要求された何か」というのは、どのようなことなのでしょうか。そのことをはっきりさせるために、ここで、キリスト教文化と日本の伝統的文化とにおけるものを見る眼のありかたについて考えてみることにしたいと思います。

『和解』の最後に、作者が「父の眼」のなかに「愛情の光の湧く」のを見て、「和解の安定」に確信をもつという場面がありました。また、キリスト教の伝統のなかには「神の眼」というのがあります。この「父の眼」と「神の眼」とを比較してみることにしましょう。まず、キリスト教の「神の眼」についてのべることにします。

ドイツの神秘主義思想家マイスター・エックハルト（一二六〇ころ～一三二八ころ）は十四世紀はじめにつぎのように語っています。

> わたしが神を見ている目は、神がわたしを見ている、その同じ目である。わたしの目と神の目、それはひとつの目であり、ひとつのまなざしであり、ひとつの認識であり、そしてひとつの愛である。（田島照久編訳『エックハルト説教集』岩波文庫。傍点は原著者による強調）

十五世紀半ば――イタリアではもうルネサンスの時代がはじまっていましたが――になると、エックハルトの影響をうけたニコラウス・クザーヌス（一四〇一～一四六四）が、「あなたを観ることは、あなたを観ている者をあなたが観て下さることに他ならないのです」と語っています。その直前の文章とともに引用してみます。

主よ、あなたが私を慈愛の眼差しで見つめて下さっているのですから、あなたの観ることは、私によってあなたが観られること以外の何でありましょうか。あなたは私を観ながら、隠れたる神であるあなたを私によって観させるために、〔あなたを私に〕贈って下さっているのです。あなたが、自らを観させるようにと贈ってくださらない限り、誰も〔あなたを〕観ることはできません。あなたを観ることは、あなたを観ている者をあなたが観て下さることに他ならないのです。（八巻和彦訳『神を観ることについて』岩波文庫）

キリスト教の神は、いかなる意味でも、眼に見（観）える存在ではありません（クザーヌスは、そのことを「隠れたる神」と表現しています）。ですから、エックハルトでは、神を見る「わたしの眼」とわたしを見ている「神の眼」とが同じひとつの眼であるということ、クザーヌスでは、「あなたを観ることは、あなたを観ている者をあなたが観て下さることに他ならない」ということは、信仰にもとづいていわれていることです。

このような信仰にもとづく「神の眼」が図像化されてすでにルネサンスの時代に登場しています。ルネサンスからさらに時代を下ったバロックの時代（十七世紀はじめから十八世紀半ばにかけて）になりますと、教会堂の天井や祭壇や塔の先端などに、「神の眼」の図像が飾られるようになりました。その例を示します(1)。

人々は、教会に行って、神の眼を見ながら神に祈りを捧げたのです。神の眼は、祈りを捧げる人々の眼をその眼で見つめることによって、人々を支え勇気づけるのです。キリスト教の神は唯一、絶対の超越神です。神の眼を見つめる人間の眼は神に見つめられることによって超越します。もう一人の思想家、アウグスチヌス（三五三〜四三〇）のことばを引用してみます。

わたしたちは、あなたが造られたものを、それらが存在するから見るのであるが、しかしそれらのものは、あなたがそれらを見るから存在するのである。（『告白』一三巻三八章、服部英次郎訳、岩波文庫。訳文は一部変えさせて頂きました）

キリスト教の神は人間をふくめて万物を創造した神です。つまり、人間の自己の存在そのものが神によって創造されたものであり、その人間が見るものすべても、神が見るから存在する、ということです。人間が自己をふくめてすべてのものを見るということは、神が見るから、つまり、神に見つめられて、成立するのです。〈わたし〉の存在は超越者である神の愛を支え（＝根拠）にして成立しています。人間が自然を見るとき、その自然は神が見るから存在するのであり、自然は人間に直接に存在しているのではありません。神の眼を介して間接に存在している、いいかえますと、人間と自然とのあいだには距離が存在するのです。そのような神が、キリスト教の父なる神です。

『和解』の最後の場面に登場する「父の眼」にもどりますと、そこでは、作者が、「父の眼」のなかに「愛情の光の湧く」のを見て、「和解の安定」に確信をもった、と書かれていました。作者は、血縁の「父の眼」に現われた「愛情の光」のなかに、自己の存在の拠り所(=根拠)を含めて、すべてを見いだしているのであり(「死ね〱」草稿のなかに、「父という者なしに自分の存在を考えられない」と語られていたことを思い出してください。一七五頁)、それ以外に拠り所は何もないのです。それは、志賀直哉自身が自覚していたかいなかったかにかかわりなく、人間の心の支えとなる永遠なものを血縁という自然のなかに見いだしているということです。作者は和解以前に、自分と父との間には「血の上の愛情」があるはずだ、と考えていました。そこに父との関係の回復を期待していたのです。そして、その通りになったわけです。

「血の上の愛情」という表現のなかに「愛情」ということばがありますが、「愛」という観念は明治以前の日本には存在しなかったものであり、明治時代になって西洋から輸入された観念です。『聖書』は「神は愛である」(「ヨハネの手紙第一」、四-八)と語っています(「愛」ということばの根底には、神の愛が存在しており、このことばの基底には、神と人間とを隔てる超越的な距離が含意されています)。それにたいして、「情」は日本の伝統的な文化のなかにもともと存在していたものであり、距離のない「直接的なもの」です。「愛情」ということばは、日本人の伝統的な心性である「情」に、翻訳語として日本語となった、キリスト教に由来する「愛」ということばがつけ加わってできた言葉です。ですから、「愛情」とはいいますが、「情」

という伝統的な言葉によって表現されていた内容を意味しているにすぎないかもしれません。あるいは、日本人の「愛」は、「情」である、といってもいいかもしれません（哲学者の西田幾多郎は、日本文化は情の文化である、といっています）。志賀直哉は、血縁の「父の眼」のなかに、自己の拠り所のすべてを直接的に見いだすことによって、キリスト教の超越的な神の「愛」の眼差しを完全に排除することができたのです。つまり、志賀直哉の青年時代の終わりを告げる父との和解は、若いころに受けたキリスト教の影響から完全に脱却することができたということをも同時に意味しているのです。

少々回り道をしてしまいました。下書きの文章の話にもどることにしましょう。志賀直哉が、「何か（人間以上のもの）」にたいして「御礼が云いたい」という気持ちでいるときに、その「何か（人間以上のもの）」は、「自分以外の「人」（例えばキリストでもいゝ）によって現わされた「神」とも異う」といっているのが、どのようなことであるのかお解りいただけたと思います。人間と自然との関係は、キリスト教の場合、神を介することによって間接的であり、その間には距離が存在するのです。ですから、志賀直哉は、「直接」という言葉を使っているのです。その「何か（それは人間以上のもの）」は、「もっと直接なもの」であり、「直接に自分に現われた何か」、つまり、「何か（それは人間以上のもの）」が「直接に自分に現われた」ものだ、というのです。

では、「直接に自分に要求された何か」というのはどのようなことなのでしょうか。この表現は曖昧です。「自分に」という部分が、〈自分によって〉なのか、〈自分にたいして〉なのかはっきりしないからです。「直接に自分に要求された何か」というのは、いいかえますと、「された」という箇所が単純に受身の意味であれば、「何か（人間以上のもの）」を、「直接に自分に要求」するということになるでしょう（その場合は、「自分に」という部分は、〈自分によって〉という意味であり、「要求する」のは、「自分」です）。しかし、それだけではなく、この箇所には、自発の意味もふくまれており、「何か（人間以上のもの）」が、「直接に自分に要求」するというニュアンスもこめられているように思えます（この場合は、「自分に」という部分は、〈自分にたいして〉という意味になります）。ですから、両者が重複して、「何か（人間以上のもの）」を、「自分」は、「直接に自分に要求」した、しかし、それは、「何か」が、「直接に自分に要求」したものである、そのような「何か（人間以上のもの）」――ということになるのではないでしょうか（後半の自発のニュアンスがないのであれば、作者はこのようないいかたをせずに、「直接に自分が要求した何か」といういいかたをしたでしょう。訂正された本文で、「自分は自分の心が明かに感謝を捧ぐべき対象を要求している事を感じた」といわれていますが、この文章が意味するのは、「直接に自分が要求した（何か）」とは異なります。本文は、「自分の心が明らかに感謝を捧ぐべき対象を要求している事」を「自分」は「感じた」といっているわけですから）。

そもそも、作者は何故ここで「要求」という言葉を使ったのでしょうか。心理学の用語に「投影」という言葉があります。「投影」というのは、「主体が、思考、情動、着想、欲望などを、それとして同定することなく、外界に位置づける操作。したがって主体はそれらが、外部に、客観的に世界の一つの様相として存在していると信じている」（『精神分析事典（ラルース版）』弘文堂）ということです。つまり、「何か（それは人間以上のもの）に対して御礼が云いたい欲望」があるとき、簡単にいえば、「何か（人間以上のもの）」にたいする「要求」があるとき、その「要求」は反転して、「何か（人間以上のもの）」の「要求」として人間に迫ってくるということです。

「投影」は、志賀直哉に限ったことではありません。さきほど、キリスト教の伝統的文化における神の眼に支えられた人間の眼についてのべましたが、この眼も「投影」によって説明することができます。人間がものを見る眼の支えを、絶対的な超越者に求めるから、絶対的な超越者が人間の見る眼を見つめてくれるというわけです。また、日本の伝統的な文化において、見える自然のなかに見る人間の眼の支えを求めるから、自然がそれに応じてくれるのです。人間の営為によって形成された文化の伝統というのは、人間のものを見る眼というその基底において、思い込みの伝統にすぎないのかもしれないのです。

志賀直哉が自然のなかに溶けこむというしかたで自然と和解したことは前章でお話しました。自然のなかに溶けこむというのは、自然と対立して存在する〈わたし〉が消滅することです。

いいかえますと、自然を対象として見る〈わたし〉が、見えている自然のなかに解消することです。〈わたし〉がこちらにあって、むこうに自然が対象として存在していれば、自然を変革の対象とすることもできますが、見る〈わたし〉が自然のなかに解消してしまえば、もはや自然は変革の対象にはなりません。〈わたし〉を支える神は、自然から超越し、それを変革する神から、自然に内在する神に変貌します。人間と自然と神は互いに密接な関連をもっており、別の事柄ではないのです。

「父の眼」についての話をしましたが、最後に、志賀直哉自身がどのような眼をしていたかのべておきたいと思います。小林秀雄の文章をまず引用してみます。小林は志賀直哉の眼は、「決して見ようとはしないで見ている眼」であると書いています。

物を見るのに、どんな角度から眺めるかという事を必要としない眼、吾々《われわれ》がその眼の自由度を定める事が出来ない態《てい》の眼……志賀氏の全作の底に光る眼はそういう眼なのである。……氏の視点の自由度は、氏の資質という一自然によってあやまつ事なく定められるのだ。氏にとって対象は、表現される為に氏の意識によって改変される可きものとして現れるのではない。氏の眺める諸風景が表現そのものなのである。（「志賀直哉」『作家の顔』新潮文庫、一九七〇年改版）

「眺める諸風景が表現そのもの」であるというのは、人間の眼に可能なことではなく、神の眼に可能なことであり、志賀直哉を神格化しすぎたきらいはありますが、志賀直哉の「視点の自由度」は、「吾々がその眼の自由度を定める事が出来ない」ほど自在であり、その自在さは志賀直哉の「決して見ようとはしないで見ている眼」に由来するという指摘は至当なものです。しかし、それを「資質という一自然による」というならば、その資質は決して最初からそのようなものとしてあったのではなく、いわば獲得された資質、悪戦苦闘の彷徨を経てついに到達した資質であるというべきでしょう。小林の「決して見ようとはしないで見る」という表現内容をもっと徹底すると、哲学者西田幾多郎の「見るものなくして見る」となります。西田哲学の根底にあるこの眼は、見る〈わたし〉は一切存在せずに、ただ見えている事態だけが存在するというものです。この眼については別の機会(2)にのべましたので、ここでは省略します。

ところで、「決して見ようとはしないで見ている眼」というのは、いったい、どのような眼なのでしょうか。もう少し考えてみましょう。志賀直哉がこの眼について自覚的に書いている最初の作品は『城の崎にて』です。例の蠑螈《いもり》と出会って、石を投げて命中するという場面がそうです。すでにお話したことですが、作者は、「何気なく」見ているときに蠑螈を発見し、その蠑螈を、これまた、「何気なく」見ていたのです。そして、当たるはずがないと思って、ちょっと驚かせてやろうと石を投げたのです。石は命中し、蠑螈は一瞬のうちに死にますが、作者は、「どうしたのかしら」と思ってその死骸を見ていました。作者は、蠑螈を、「見ようとして見ていた」のでは決してない、石を命中させようと思って投げたのでは決してない、と自覚的に、周到に描写しています。

作品の最後の〈わたし〉の崩壊を語る場面は、「見ようとはしないで見ている眼」と対照的な「見ようとして見ている眼」の崩壊を描写しているものです。つまり、崩壊の後に残るのは、「見ようとはしないで見ている眼」です。この「見ようとはしないで見ている眼」は、作品に描かれているように、死んだ蠑螈と心を交感させることができる眼です。いいかえますと、生と死の境界を超えることができる、死のなかに溶けこむことができる眼なのです。『城の崎にて』という作品は、そのような事態を語っている作品なのです。

『和解』の三年後に発表された『或る男、其姉の死』（一九二〇年、全二）という作品があります。すでにのべましたようにこの作品は、父と和解が成就した後で、もう一度、父との不和・対立を素材にして書かれたものであり、作者は作品のなかで、自分のことを客体化し、弟の「私」という虚構の視点から見た「兄」の姿として自分を描いています。その弟の「私」が、「兄の眼」について語っているつぎのような一節があります。

ことにあの眼、それは死に反抗もしない代わり、又それにも決して打ち負かされないような眼でした。

これは、作者が自分の眼を描いた、いわば眼についての自画像です（作品の全体が、作者の自画像を構成するわけですが）。この一節は、死とどのように応対したか、そして、今、どのように応対しているか、作者の経歴をさりげなく語っている文章です。「兄」（＝作者）には、かつて、「死に反抗」した時期もあったのです。そのときには、「死に反抗する」眼をしていたのです（『祖母の為に』のなかに、「死をにらみつけた」という箇所がありましたが、「死をにらみつける」眼は、その典型です）。しかし、今は、「死に反抗」はしないけれども、「死に打ち負かされ」もしない（つまり、死と対決はしないけれども、だからといって、死に打ちのめされるのでもない）、そういう眼をしているというのです。逆に「見ようとして見る眼」は、見る〈わたし〉という拠点を構築するということです。拠点として構築された眼は、自立し、屹立します。拠点を構築し屹立すれば、屹立した自分自身の眼（＝〈わたし〉）の消滅すなわち死に直面しなければなりません。〈わたし〉を維持し続けようとするかぎり、この眼は、自己の消滅すなわち死と対決せざるをえなくなります。それにたいして、「見ようとはしないで見る眼」は、自立し、屹立することがなく、〈わたし〉の消滅すなわち死と対決（＝死に反抗）する必要が生じません。それは、死と和解するということであり、死に反抗する必要がなくなるのです。

ちなみに、第一章で、「私は無限の闇に落ちて〱行く、丁度寝つきにどうかするとそういう気持ちになる、それに似た死の恐れを感じたのです」という文章を『或る男、其姉の死』から、引用しました。そのような死の恐怖の経験は、この作品中で、実は、弟の「私」の経験として語られているものです。その弟はまだ未熟であり、死に瀕している姉を目前にして恐怖感にとらわれています。右に引用しました「兄（＝作者）の眼」の描写は、そのような弟の「私」にとって頼りになる眼だと語られているのです。ここに描写されている「兄（＝作者）の眼」は、弟の「私」（これもまた、かつての作者です）が経験したような死の恐怖をすでに超克したものとして語られているのです。

青年時代を終えたとき、作家志賀直哉は、「死に反抗もしない代わり、又それにも決して打ち負かされないような眼」をしていました。その眼は生涯変わらなかったように思われます。

注

（1）図5はルネサンス時代のイタリアの画家ロレンツォ・ロットのものです（一五二〇年代）。『旧約聖書』には、アダムの息子であるセツの息子のエノシュは、主の御名によって祈ることをはじめた人である、と書かれています「創世記」四、二六）。図はエノシュが自分の息子たちに神に祈るよう教えている場面です。

図6はバロックの時代につくられたウィーンの聖ミヒャエル教会の内陣の天井にある「神の眼」の図像です。神の眼をかこむ三角形は三位一体を表現しています。（著者撮影）

（2）拙者『日本人の〈わたし〉を求めて――比較文化論のすすめ』新曜社。

図5 「神の眼」(ロレンツォ・ロット)

図6 「神の眼」(ウィーンの聖ミヒャエル教会の内陣天井)

参考文献

志賀直哉にかんするもの

伊藤整『文学入門』光文社、一九五四年

小林秀雄『作家の顔』新潮文庫、一九六一年、一九七〇年改版

中村光夫『志賀直哉論』筑摩叢書、一九六六年

安岡章太郎『志賀直哉私論』文藝春秋、一九六八年

柄谷行人『意味という病』河出書房新社、一九七五年

柄谷行人『日本近代文学の起源』講談社、一九八〇年

山折哲雄『日本人の心情——その根底を探る』ＮＨＫブックス、一九八二年

須藤松雄『志賀直哉——その自然の展開』明治書院、一九八五年

本多秋五『志賀直哉（上・下）』岩波新書、一九九〇年

阿川弘之『志賀直哉（上・下）』岩波書店、一九九四年

清水正『志賀直哉——自然と日常を描いた小説家』Ｄ文学研究会、二〇〇五年

宮越勉『志賀直哉――暗夜行路の交響世界』翰林書房、二〇〇七年

日本語にかんするもの

板坂元『日本人の論理構造』講談社現代新書、一九七一年
鈴木孝夫『ことばと文化』岩波新書、一九七三年
金田一春彦『日本人の言語表現』講談社現代新書、一九七五年
金谷武洋『日本語に主語はいらない――百年の誤謬を正す』講談社選書メチエ、二〇〇二年
金谷武洋『日本語文法の謎を解く――「ある」日本語と「する」英語』ちくま新書、二〇〇三年

比較文化論にかんするもの

木村敏『人と人との間――精神病理学的日本論』弘文堂、一九七二年
河合隼雄『中空構造日本の深層』中公叢書、一九八二年
阿部一『日本空間の誕生――コスモロジー・風景・他界観』せりか書房、一九九五年
新形信和『日本人の〈わたし〉を求めて――比較文化論のすすめ』新曜社、二〇〇七年

その他

聖アウグスチヌス『告白（下）』服部英次郎訳、岩波文庫、一九七六年

朝比奈宗源訳註『臨済録』岩波文庫、一九三五年、一九六六年改版

末木文美士編『現代語訳　碧巌録（中）』岩波書店、二〇〇二年

マイスター・エックハルト『エックハルト説教集』田島照久編訳、岩波文庫、一九九〇年

ニコラウス・クザーヌス『神を観ることについて』八巻和彦訳、岩波文庫、二〇〇一年

デカルト『省察』（井上庄七・森　啓訳）、『世界の名著22　デカルト』所収、中央公論社、一九六七年

ヘルマン・ノール編『ヘーゲル初期神学論集（I）』久野昭・水野建雄訳、以文社、一九七三年

Hegel, *Differenz des Fichte'schen und Schelling'schen Systems der Philosophie*, in *G. W. F. Hegel Werke in zwanzig Bänden 2*, Suhrkamp Verlag, 1970（一二八頁の『フィヒテとシェリングとの哲学体系の差異』）

ヘーゲル『ヘーゲル全集3　精神哲学』船山信一訳、岩波書店、一九九六年

Ernst Mach, Analyse der *Empfindungen*, Wissenschaftlirhe Buchgesellschaft, 1987（九頁の図1）

西田幾多郎『善の研究』岩波文庫、一九七九年

ハイデガー『ハイデッガー全集第9巻　道標』辻村公一ほか訳、創文社、一九八五年

メルロ＝ポンティ『見えるものと見えないもの』滝浦静雄・木田元訳、みすず書房、一九八九年

Alison Cole, *Perspektive*, Belser Verlag, 1993（一七六頁の図2）

Mauro Zanchi, *Lorenzo lotto e l'immaginario alchemico*, Ferrari Editrice, 1997（一五七頁の図5）

略年譜

一八八三(明治十六)年　二月二十日、宮城県牡鹿郡石巻町に銀行員の父直温、母銀の次男として生まれる。

一八八五(明治十八)年　父が第一銀行を辞職。父母とともに東京府麹町区内幸町の父方の祖父母の家に転居する。以後、祖父母の手によって育てられる。

一八八七(明治二十)年　父が金沢の第四高等学校に単身赴任する。

一八九五(明治二十八)年　八月、母銀死去。父は、高橋浩と再婚。

一九〇一(明治三十四)年　夏、角筈で内村鑑三の主催していた聖書講義の会にはじめて出席する。足尾鉱山鉱毒地の視察を計画し、反対する父と激論する。

一九〇三(明治三十六)年　九月、学習院高等科に進学する。

一九〇四(明治三十七)年　二月、日露戦争勃発。

一九〇六(明治三十九)年　祖父直道死去。東京帝国大学英文学科に進学。

一九〇七(明治四十)年　女中Cと結婚を約束して家中の大騒動となる。

一九〇八(明治四十一)年　内村鑑三に別れを告げる。のちに『白樺』と改名される回覧雑誌『望野』を始める。八月に『小説 網走まで』を掲載。

一九〇九(明治四十二)年　『小説 神経衰弱』を執筆(のちに『鳥尾の病気』と改題して発表)。九月、遊郭へ通い始める。『小説 人間の行為』(のち『小説 殺人』、さらに『剃刀』と改題)を執筆。

一九一〇(明治四十三)年　四月、『白樺』創刊。創刊号に『網走まで』を発表。六月、『剃刀』を発表(『白樺』一巻三号)。九月、『濁った頭』完成、未発表。毎日誰かに会う生活の単調さに自らあきれ、孤独な仕事の決意を新たにする。

一九一一(明治四十四)年　一月、『鳥尾の病気』を発表(『白樺』二巻一号)、『濁った頭』の書き直しを始める。四月、『濁った頭』発表(『白樺』二巻四号)

一九一二（明治四十五、大正元）年　一月、『祖母の為に』を発表（『白樺』三巻一号）。九月、『大津順吉』を『中央公論』に発表。はじめての原稿料百円を得る。『留女』の出版費用五百円の件で父と争う。家を出て尾道に住む。

一九一三（大正二）年　一月、第一創作集『留女』刊行。八月、山手線の電車にはねられて重症を負い、入院。十月、養生のため城崎温泉に逗留する。十二月、夏目漱石から『東京朝日新聞』の連載小説の執筆をすすめられて承諾する。

一九一四（大正三）年　一月、『児を盗む話』を執筆。五月、松江に住む。七月、新聞小説の執筆がはかどらず、夏目漱石を訪ねて上京し、連載を辞退する。下旬、鳥取県伯耆の大山へ行き、蓮浄院に十日間滞在する。『家守』執筆。十二月、父の反対を無視し、武者小路実篤の従妹の勘解由小路康子と結婚、京都に移り住む。さらに関係が悪化する。

一九一五（大正四）年　三月、父の家から離籍し、一家を創設。五月、赤城山に移る。九月、我孫子に移る。

一九一六（大正五）年　六月、長女慧子東京で生まれる。七月末、我孫子で死去。十二月、夏目漱石死去。

一九一七（大正六）年　四月、『佐々木の場合』、『城の崎にて』を執筆。七月、次女留女子が生まれる。八月三十日、長年不和が続いた父と和解する。九月、半月のうちに『和解』百五十枚を脱稿。十月、『和解』（『黒潮』）を発表。

一九一八（大正七）年　一月、出産の場面を加えた『和解』を収めた短編集『夜の光』（新潮社）を刊行。

一九二〇（大正九）年　一月から三月まで、『或る男、其姉の死』を『大阪毎日新聞』に連載。

一九二一（大正十）年　一月、『暗夜行路』、『改造』に連載はじまる。八月、祖母留女死去。

一九二七（昭和二）年　九月、『沓掛にて――芥川君のこと』（『中央公論』）を発表。

一九二九（昭和四）年　父直温死去。

一九三七（昭和十二）年　四月、『暗夜行路』ついに完成。

一九四一（昭和十六）年　三月、『内村鑑三先生の憶い出』発表。

一九七一（昭和四十六）年　十月二十一日、関東中央病院にて死去。

（本年譜は諸種の文献を参照して作成した。）

あとがき

大学の教育の改善というとき、その基本には知のありかたの問題が存在するだろうとわたしは考えています。それぞれの専門領域にはある範囲の知識の量が当然必要とされるわけですが、そのことはいまは保留して、お話したいのは一般教育科目的な知についてです。知のありかたの問題というのは、知（ること）と生（きること）との関係の問題です。大学が大衆化して、現在では同年齢層の五〇パーセントが大学に進学するという時代になりました。大学に入ってきたほとんどの学生たちは生きることを真剣に模索しているはずです。そこへ既成の知をただ差し出すだけでは、なかなか興味がわかないでしょう。生きている知、あるいは、生きるための知と感じられるようなしかたで知識を提供することが必要ではないでしょうか。

大学に就職してから長い年月が経過しましたが、勤めてすぐ大学の教育がたんなる業務としてしか行なわれておらず、そのことに疑問を感じている人が少ないことを知り、改めて衝撃をうけました（改めて、というのは、学生時代にすでに予感していたからです）。当時のわたしにとって（いまでもそうですが）、人生を業務（Geschäft）として生きるのではなく、行為

（Handlung）として生きよ、というニーチェのことばは人生の指針でした。三年もつかなと当時思ったのですが、いつのまにか四十二年が過ぎてしまいました。

自由な時間があることと若い学生たちと利害打算なしにつきあうことができること、この二つのおかげでこんなに長く続けることができたように思います。若い学生たちとのつきあいのなかで、わたしはいつも自分自身の青春時代の体験の意味を問い続けていました（その体験については最初の著作である『無の比較思想』の「あとがき」のなかに記してあります）。そうすることがわたしにとって自分の人生を行為として生きることを意味しましたし、また接する学生たちに投げかける知も行為としての意味をもちうるだろうと信じてきました。

研究の面でも同様でした。どうしても関心は自分の体験の意味を明らかにしてくれそうな対象に向かいました。ですから学部時代の恩師や職場の上司から「きみは頑固だね」（もう少し自由に学問に取り組んだらどうだ、という意味だったろうと思いますが）といわれても、止むを得ないことだと考えました。そうしているうちにはっきりしてきたことがあります。たとえば、哲学者のヘーゲルやハイデガーの思想の根底には無の体験が哲学以前の問題として存在します。彼らにはそのような体験があり、その体験を踏まえてそれぞれの哲学思想を構築しているのです。ところがヘーゲル研究やハイデガー研究では彼らの哲学以前の問題は、体験されるのではなく、たんに思考されるだけで、理解されたものとしてすまされ、その土台のうえに立って、詳細な分析がほどこされるのです。そのような学問的営為はそれはそれで意味あることだとは思いますが、わたしにとっては空しく思えるものでした。

考えることと生きることとの関係は常に気にかかる問題でした。考えなければよく生きることはできない。このことは確かです。しかし、人生には、とくに肝心なことにかんしては、いくら考えても生きてみなければわからないことがあるのも確かです。つまり生きることと考えることは違うのです。その違いを見失って考えることを生きることだと錯覚して詳細な議論を組み立てるだけであるような研究はすまいと決意したのです。ですから、わたしの研究はいまでも学問以前であるにすぎないと思っています。しかし学問以前に踏みとどまることによって見えてくる真実もあるだろうと独りよがりかもしれませんが確信しています。

たとえば「自我」という日本語があります。学問の世界や、一般に、知的な領域でこのことばは自明のものとして使用されています。

「自我」は志賀直哉を論じるさいにもよく使われることばです。たとえば、強い自我、自我が弱まる、というように。しかし、このことばは翻訳日本語です。国語辞典を引くと、「自我」について、「哲学で、知覚・思考・意思・行為などの自己同一的な主体として他者や外界から区別して意識される自分。⇔非我」（『大辞泉』）という説明がでています。もちろん、明治時代以前からの用法としての「自分」という意味もありますが、ここで問題にしているのは、辞典から引用した「自己同一的な主体として他者や外界から区別して意識される自分」としての「自我」です。このような「自我」は明治以降に日本人が西洋から輸入して体得したものです。

西洋から輸入した近代的自我と日本の伝統的自我（といっておきますが）は異質です。その両者を同じ「自我」ということばで表現することによって、二つの自我の異質性が見えなくなります。ときどき『私とは何か』という書名の本を見かけますが、その著者は日本語の「私」を英語でいえば「I」と同一視しているのでしょう。両者の異質性がはっきり自覚されていないから「私」を英語の「I」と混同するようなことが生じるのです。

本書では両者の異質性をはっきりさせるために〈わたし〉という表現を用いることにしました。西洋文化と日本文化における〈わたし〉のありかたの違いを検討することによって、二つの自我の異質性を明らかにしたいと考えたからです。つまり、〈わたし〉という表現を用いることによって、近代的自我がどういうものであり、伝統的自我がどのようなものであるか、自我の内実に立ち入って考察しようと試みたわけです。そのような試みはこれまでなされたことがないように思われます。

すでに、前著『日本人の〈わたし〉を求めて』を同じ新曜社から刊行していただきましたが、本書は『日本人の〈わたし〉を求めて』の姉妹編に相当します。前著で一般的にのべたことを、本書では、志賀直哉という作家の思想を通して具体的な事例として語ったものです。序章で、志賀直哉の青年時代の精神の生の軌跡を比較思想・比較文化論の観点から読み解いてみようと試みたとのべましたが、そのことは、いいかえますと、志賀直哉の精神の歩みを世界のなかに（というのが大げさであれば、西洋と日本との関係のなかに）位置づけて考察したということを意味します。志賀直哉は西洋を経由することによって日本を再発見した作家・思想家です。

本書のもとになったのは、前著と同じく愛知大学国際コミュニケーション学部でこの数年間続けてきました半年間の講義「日本人と思想」の原稿です。原稿の全部を講義できたわけではありませんが、真剣にうけとめ、的確に反応してくれた学生たちに感謝しています。原稿は学生たちの若い感性によるテストを数年間にわたってクリアしてきたものであるとひそかに自負しています。

本書がこのような形で書物として刊行されるのは新曜社編集部の渦岡謙一氏のおかげです。刊行をお引き受けくださったばかりではなく、今回も緻密な編集の労を執ってくださいました渦岡氏に心から感謝します。また、髙橋直樹氏には前回と同様に校正の作業その他で大変お世話になりました。ありがとうございました。

なお、本書は二〇〇九年度愛知大学学術図書出版助成金による刊行図書です。お世話になりました研究委員会関係の方々に深く感謝します。

付記に記しましたが、この原稿が成立するまでに時間だけはずいぶん経過しています。その間、子供としてのわたしから見た亡き父の姿と子供にたいする父としての自分の姿を幾度も反芻しました。そのような経験を可能にしてくれた亡き父新一郎と、二人の息子敦と就に、また、いつものように最初の読者として貴重な助言をしてくれた妻の悦子に感謝したい気持ちです。

新形信和

付記

本書のもとになった文章をつぎに記しておきます。

第一章にかんしては、「日本的死生観の典型――『城の崎にて』を読む」（愛知大学文学会『文学論叢』第七四輯、一九八四年）と「日本人の思考を決定している死生観について――『城の崎にて』再考」（同誌第一一六輯、一九九八年）、第二章にかんしては、「日本的死生観の構造化の試み（1）」（同誌第八〇輯、一九八五年）および「日本的死生観の構造化の試み（2）――志賀直哉とキリスト教」（同誌第八二・八三輯、一九八六年）、第三章にかんしては、「現実の夢・夢の現実――志賀直哉、『濁った頭』をめぐって」（同誌第八六輯、一九八八年）。

以上の文章がもとにはなっていますが本書の原稿を書くにさいしてすべて全面的に書き改めました。

ま　行

や　行

ら　行

わ　行

な　行

は　行

た 行

さ　行

索　引

著者紹介

新形信和（にいがた のぶかず）

1940 年、熊本市に生まれ、福岡市で育つ。
1968 年、京都大学大学院文学研究科修士課程修了。
現在、愛知大学国際コミュニケーション学部比較文化学科教授。専門は比較思想、比較文化論。
著書：『日本人の〈わたし〉を求めて――比較文化論のすすめ』（新曜社、2007 年）、『無の比較思想――ノーヴァリス、ヘーゲル、ハイデガーから西田へ』（ミネルヴァ書房、1998 年）、『懐疑への誘い』（共著、北樹出版、1998 年）、『日本近代哲学史』（共著、有斐閣、1976 年）。

新曜社 ひき裂かれた〈わたし〉
思想としての志賀直哉

初版第 1 刷発行　2009 年 9 月 24 日©

著　者　新形信和

発行者　塩浦　暲

発行所　株式会社　新曜社
〒 101-0051　東京都千代田区神田神保町 2-10
電話（03）3264-4973（代）・FAX（03）3239-2958
URL　http://www.shin-yo-sha.co.jp/

印　刷　長野印刷商工　Printed in Japan
製　本　渋谷文泉閣
ISBN978-4-7885-1181-1　C1010